明
室
Lucida

照亮阅读的人

在东大和上野千鹤子学『吵架』

東大で上野千鶴子にケンカを学ぶ

[日]遥洋子 著　吕灵芝 译

北京联合出版公司
Beijing United Publishing Co.,Ltd.

图书在版编目（CIP）数据

在东大和上野千鹤子学“吵架”／(日)遥洋子著；吕灵芝译. -- 北京：北京联合出版公司，2023.3（2023.3 重印）
ISBN 978-7-5596-6538-6

Ⅰ. ①在… Ⅱ. ①遥… ②吕… Ⅲ. ①散文集－日本－现代 Ⅳ. ① I313.65

中国版本图书馆 CIP 数据核字 (2022) 第 218382 号

北京市版权局著作权合同登记号 图字：01-2022-6682 号

在东大和上野千鹤子学“吵架”

作　　者：［日］遥洋子
译　　者：吕灵芝
出 品 人：赵红仕
策划机构：明　室
策 划 人：陈希颖
特约编辑：陈希颖　刘麦琪
责任编辑：夏应鹏
装帧设计：山川制本 workshop

北京联合出版公司出版
（北京市西城区德外大街 83 号楼 9 层　100088）
北京联合天畅文化传播公司发行
北京市十月印刷有限公司印刷　新华书店经销
字数 153 千字　787 毫米 ×1092 毫米　1/32　8 印张
2023 年 3 月第 1 版　2023 年 3 月第 2 次印刷
ISBN 978-7-5596-6538-6
定价：52.00 元

这是我都不曾了解到的我自己。

——上野千鹤子

目 录

第一部

教室是方形的丛林

我又来到了停尸间。

“啊——”我尖叫一声，连忙跑开。

“好倒霉啊！”我喃喃自语。

在位于本乡的东京大学的宽阔校园内，我迷了路，现在是深夜十一点多。离开研究室后，我已经不间断地走了一个多小时，无论怎么走都找不到出口。不知为何，我走着走着就会绕到东大医院的停尸间。

深夜的东大虽然有寥寥几点楼上的灯火，位于中央的巨大树林却笼罩在漆黑的夜色中。历史的风韵唤醒了人类对暗夜的恐惧，我不得不压抑尖叫的冲动，埋头向前走。

手机铃声吓得我险些跳了起来，是艺人前辈打来的。

“你在哪儿啊？”

“大学里……”

“大学？都这么晚了在那儿干什么呢？”

“我出不去了！走着走着就迷路了。”

“怎么回事？你不会找人问路啊！”

“没人啊！一个人都没有！周围黑漆漆的，就我一个人！好怕！我好怕！”我的声音在颤抖，“一个人，好黑，好怕！”

那一刻我怎么都想不到，自己在东大第一天的经历竟象征着未来三年将要面临的境况……

我只顾着满头大汗地向前走，对接连不断的怪事应接不暇。

也许没有人能像上野千鹤子那样，在不同的地方给人不同的印象。

第一天，上野教授打开门走进教室，现场的空气顿时多了几分紧张。

个子娇小，但气势凌人——这就是我对上野千鹤子的第一印象。

她看见我，面无表情地说了句：“直接去研究室不就好了。”接着走上了讲台。

我所知道的上野千鹤子，是在面向大众的演讲会上与他人亲切交流的社交达人。

她与一群自称上野粉的人嬉笑打闹，得知我是艺人后，立刻将我拉过去问：“哎我说，上电视的时候真的不能说男女性器官的名称吗？”

她就像个调皮又好奇的少女，至少在我眼中，她是这样的人。

但到了这里，她就不一样了。课堂上的上野教授丝毫没有那个少女的影子，而是不苟言笑地镇压全场。

我很快就明白她为什么不笑了，因为那天做报告的人还没来。

“报告人呢？”

短短一句话就让疑似报告人朋友的学生箭一般地冲出了教室。应该是去打电话了。从她动如脱兔的行动可以猜测，报告人没来是一件非同小可的事。

我还在想这可怎么办，不知不觉已经有人站起来做报告了。接着，一张写满字的纸就传到了我手上。与此同时，上野教授走过来，放下了一堆资料。

“你教教遥女士。”

她对我旁边的学生吩咐一句后又回到了讲台，开始在黑板上写字。

我四处张望，不知是否该做笔记。

过了一会儿，有人给我发了厚厚的议题资料，还有几张白纸。旁边的学生告诉我：“请提交这张答复卡。”

五种莫名其妙的状况同时包围了我。

“这些纸是干什么用的？我应该先做什么？”

旁边的学生对我说：“今天有两份报告。”

我仔细一看，资料上写着“铃木裕子《中央合作委员会妇女代表的贡献》”。

“什么玩意儿？”

再一看，另一份资料上写着“加纳实纪代《国防妇女会的解散与大日本妇女会的成立》”。

“哈？”

研究会开始了，不得不同时处理五种状况的人似乎不止我一个。看看周围，所有人都在边听，边写，边读，边检查，边看。旁边的学生因为要照顾我，无法参与其中。

“请不要在意我，反正我一时半会儿理解不了，要是有问题我再问你吧。”我婉拒了她的好意。

事实上，我完全搞不清楚状况。我深吸一口气，让自己冷静下来，问了一个问题：“现在做报告的人是铃木裕子还是加纳实纪代？”

“不，那是田中。”

“……？”

现在我至少明白了自己是多么无知。

后来我意识到，当时问这个问题相当于在问：“那是平冢雷鸟还是市川房枝？”[1]

很久以后，我给学生讲了这个故事，他们都在咖啡厅

1 上文资料上的文献的作者铃木裕子与加纳实纪代皆为知名女性史研究家。此处的平冢雷鸟与市川房枝皆为知名女性运动家。——本书脚注皆为译者注

里笑得前仰后合。我不禁感叹，当时坐在我旁边的那位同学真了不起，竟然很认真地回答了那个问题。

教授放在我桌上的资料是一整年的研究会项目和文献资料。那一年的研究主题是“民族主义与社会性别”。

文献是指研究者过去发表的论文。作为那天报告主题的两篇论文，它们的作者就是铃木裕子和加纳实纪代。我们要一边阅读报告人总结的纲要，一边听取报告，同时阅读参考文献。议题资料里满是社会学相关的信息，我们要一边查看，一边在答复卡上填写对报告的感想和意见，最后署名提交。

做这些事情时，还不能忘了和报告人讨论议题，其间，还要记录上野教授写在黑板上的东西。几个任务同时推进。

这就好像一边开车，一边化妆，一边吃汉堡，一边打电话，还要顺便查看日程本。如果有可能，最好还能脱掉刚破的连裤袜，换上新的。

按照我自己的生活经验，二者的混乱几乎等同。

那天共有两个报告人，其中一个没来。

“对不起。”一个女生走了进来。

到目前为止还是大学里常见的场景，之后就不一样了。

“说说你迟到的原因。”

“睡过头了。”

“这么多人因为你浪费了宝贵的时间，你打算怎么办？”

“真的很抱歉。”

“你还要为了自己本来该做的报告，继续消耗大家的时间吗？”

教授并没有放过她。

“你要让大家浪费掉今天这段时间吗？还是说你认为自己的报告具有延期的价值，让我更改下周的课程呢？”

学生无言以对，睡翘的头发此刻是何等刺眼。

“我不打算因为你睡过头就更改为期一年的课程，你要放弃做报告吗？”

学生只能哭了，刚起床还未消肿的眼睛里滚出了大颗大颗的泪珠。

“啊，弄哭了，”我不禁想，“这个教授万万不能惹。”

眼前就是破坏规则的代价。同时我也明白了，凡是惹怒教授的人都别想全身而退。

还有另一天的研究会，也有学生没来。

一个学生说：“他应该会来。”

教授问道：“你凭什么说他会来？”

学生回答：“昨天他说要来的。我打个电话问问。”

教授又追问：“你没有必要给他打电话。如果执意要打，说说你的理由。他拜托你打了吗？你对他有好感吗？你是他的恋人吗？”

只要通过语言与他人交流，总会遇到很多“大概”“也许”“我猜”“我以为”，而我头一次见到对语言要求如此精确的人。

提出异议的速度、展开话题的多样性、语言的精确度，就像在轻松弛缓的日常中突然爆发的几秒钟的格斗。胜负在瞬间决出，一不小心就会看漏、听漏。只要坐在教室里，我的目光就无法从上野千鹤子身上移开。

第一天的研究会，她直到最后都没有笑过。

调皮的少女隐匿了行踪，只剩下以语言为武器的“安迪·胡格”[1]。小小的身体爆发出尖锐的感性，卷起紧张的风暴。

“我能坚持下去吗……”

虽然上了拳台，却不敢松开围绳的没出息的见习格斗士——这就是我。

“在电视节目上怎么说女性的性器官呀？”兴奋、吵闹又可爱的声音在我脑中不断回响。

1　安迪·胡格（Andy Hug）：空手道运动员，因身材不高而重视力量训练。

真家伙果然不一样!

“你来这里想学什么?”

上野千鹤子教授坐在本乡校园的研究室里，目不转睛地看着我。她周围堆满了书。

“我来学习‘讨论’的内涵。”

作为艺人，我能理解演艺界基本是个贩卖娱乐的行业。丑闻也是娱乐。从综艺到新闻，从谈话节目到体育节目，所有的眼泪、愤怒都是娱乐。

演艺界有个谁都逃不开的东西就是“讨论”。

有严肃的讨论，也有综艺节目里的讨论，有的只持续一分钟，有的能辩上一个小时。谈话节目更是少不了讨论。

一言不合，就会出现意见对立。

“我想得到所有人的喜欢。”

“女人闭嘴!”

“你们都得听我的，我说的话才是全世界最正确的。”

"还是装傻吧，这样更有好处。"

"我是不是很可爱？"

无论讨论什么主题，都会出现这几种话术。管你是脑死亡，还是谈恋爱。

只要讨论进入白热化阶段，我就格外排斥这些话术。

他们早已抛下了本来要讨论的主题，开始争辩别的东西了吧？左右讨论的其实不是逻辑，而是靠这背后的话术一决胜负吧？

我从来没有赢得过讨论。但既没有无可奈何的失败，也没有一败涂地的失败。每次，我只是心中充满了怪异感。尽管如此，我还是将其归结为我个人的问题，照常完成工作。

然而我的工作是在公共场合发言，随着年复一年的经验积累，我感觉到了自身工作的影响力。

"我们说的话会不会不只局限于我们自己，而是具有对外的影响力？这会不会是我的责任？"

尽管姗姗来迟，我还是意识到了力量与责任的关系。

我个人的忍耐不只作用于我个人。既然讨论是不可避免的，那么当务之急就是要消除那种怪异感。

我开始寻找切实有效、能够瞬间击溃对手的方法。

少了任何一个条件，在电视节目这种形式的制约下，都很难分出胜负。不仅如此，我已经亲眼见过无数勇敢挑战最后却"粉身碎骨"的女性。如果会变成那样，不如干脆不战。这就是现状迫使我认识到的。

然而，在我所知范围内，有一位女性百战百胜。

那就是上野千鹤子。

我必须向她讨教，而且终于等到了这一天。几年来，我一直通过某位熟人向老师传达请她赐教的愿望，这次终于获得批准加入了上野研究会，并能够听她的讲座。

“我想赢，想在电光石火间一击制胜。如果不这样，很快就会切到下一个栏目或是进入广告时间了。”

战线拖得越长越不妙。人们从来不缺乏诽谤中伤女性的话语。

“剩女心理扭曲。”

“丑女多作怪。”

“要不要公开你的不检点生活啊。”

“先结婚了再说话。”

接着，讨论就会沦为小孩吵架，本来的主题消失无踪。

对丑女的无情制裁让众多女性陷入沉默。要避免这种情况，必须瞬间出击，让对方无言以对。我想学到必胜的逻辑，却得到了意外的回答。

“切忌置敌人于死地。”

听到这句煞有介事的高论，我多少有些失望。它听起来就像小时候母亲常说的“不要跟别人吵架”。

“为什么？为什么不能置敌人于死地？”

“因为这会让你在那个世界变成过街老鼠，并非上策。你要学的不是一招制胜，而是如何玩弄对方于股掌之间。”

我顿时浑身汗毛直竖。啊，这是真家伙。

“讨论的输赢不由本人决定，而是由听众决定。只要你能玩弄对方于股掌之间，自然就能得胜。再往上，既没有必要，也并非必然。”

教授对我微微一笑。

“男的被玩弄了，就会气得满脸通红，很有意思哦。”

真家伙果然不一样。每次吵架输了，都有不同的前辈帮我总结经验，可我为何没有早点遇到这样的见解呢？激动之余，连战连败的青春岁月在我眼前闪过。

第二天，我就复印了当年研究会需要的所有文献。打印室位于安田讲堂隔壁，在一座明治时期的石砌建筑冰冷彻骨的地下室内。此刻的我一反昨日的激情，只觉得浑身冰冷。那堆文献估计能轻松塞满一个大纸箱。我感觉到的冰冷究竟是后悔，还是单纯的寒冷？我也不知道。

“我要把这些全都读完？”

光打印都花了一整天，而且这还是去掉了英语文献的量。

背后传来高亢的声音。“遥女士！为什么去掉英语文献？今后还会有很多英语文献啊！”

那是同一个研究会的学生。她惊讶得瞪大了眼睛，仿佛坚信世上每个人都能读懂英语文献。我不禁为之震惊。

“那啥，我可能连日语文献都看不懂哦。”

我从一脸讶异的学生身上移开目光，分不清是后悔还是寒冷的感觉里又多了几分反胃。于是我走进研究室问教授："这里的学生都能读英语文献吗？"

教授头也不抬地回答："那有什么可奇怪的，这里可是培养学术专家的地方。"

仔细观察教室里的学生，就会发现这是真的。

外国留学生能随口说出我不认识的日语。中国留学生用中文闲聊，用日语提问，用英语做笔记。俄罗斯学生写了满是汉字的日语论文，教授则面不改色地说："你用英语来说。"

同样度过了青春，人与人为何有如此大的差距？在我眼中，他们都像外星人。正因不同寻常，方可称之为才能。而有才能的人一旦集结起来，在那个范围内就成了理所当然。在这个教室里，我才是外星人。

那天的研究会，上野教授看起来更不高兴了。

下课后，她开口道："我已经快气炸了。"说着，她抬起了两个小时都未抬起过的头。

我觉得她不抬头肯定有原因，只是没想到原因竟是"快气炸了"。

"为什么论文摆在这里，却没有形成讨论？"她的声音有种特殊的威压，教室顿时冻结了。

漫长的沉默之后，所有人带着又一次惹恼了教授的尴尬，大气都不敢出地离开了教室。

回想起来，每次研究会教授都会生气。

第一天她把迟到的学生骂哭了。我还没从大学生被骂哭的震惊中缓过劲来，第二天她又突然打断了讨论，责备学生“阅读文献不要那么敷衍”。

哪怕是学生不眠不休写好的论文，只要质量不好，她都会毫不留情地批评。

休息时间，我们坐在研究室里喝茶，职员小心躲开眉间还残留着怒气的教授，向我搭话道：“今天没怎么讨论，好可惜啊。”

“是啊，因为今天的论点很清晰。”

我的话触动了教授的逆鳞。

“那你为什么不发言？”教授停下手上的工作，目不转睛地看着我。等我意识到事情不妙时，已经太晚了。

“我想先听三次报告，然后再发言。”

“你根据什么做出了先听三次的决定？”

“因为我还跟不上大家……”

“跟不上至少也能提问吧。”

我被逼得无路可逃，被迫答应下周一定发言，以及负责主持。

教授对每个人都一视同仁，不讲情面。但教授也是有血有肉的人，盛怒之下约定的事情，过个一周说不定就忘记了。我带着这种侥幸心理，迎来了下一次的研究会。

开始前，教授打了声招呼。

“从今天起，遥女士也会发言。”

咚！！我很想给那个场景配音，但是忍住了。

“她还会负责研究会的主持。”

不要啊！我很想哀号，但还是憋了回去。

学生们都低头不语，眼睛倒是瞪得老大。现场的平静无波与我内心的狂风骤雨形成了鲜明对比。

那天还有外部人员来参加研究会。

“我觉得自己是个女权主义者，也是人道主义者。”

突如其来的发言让我不得不佩服此人堪称鲁莽的勇气。然而上野教授并不这么想。

“那是你的信念。这里不是讨论信念的地方。”

那要说啥嘛！我又一次忍住了内心的咆哮。

这里无论发生什么，空气永远平静如水。人们只用表情交流各自的感想。

“喂喂喂，你不能说那句话啦。”

“啊，昨天肯定有啥事。”

“你有那本事吗？”

“我啥都不知道。”

休息时间，学生们兴奋地凑过来，幸灾乐祸地对我说：“你肯定被骂了吧，肯定叫你只要存在就要说话吧。”

只要存在就要说话。这句话真不错。

然而我根本不懂社会学的术语，该说什么啊。信念、感想和意见有什么不同啊。我好想哭啊。

来到下一场研究会的教室，纲要已经发好了。主题是“总体 hegemony 的成立”。hegemony 是什么玩意儿？

演艺界看似严苛，其实什么都很含糊——这是此时此刻，我在这种四面楚歌的状况下，紧握“hegemony”纲要的感想。

“真家伙果然不一样！”

神台词“不懂”的力量

上野教授停下刀叉，目不转睛地看着我。

“不懂。什么意思？”

看见她咄咄逼人的表情，我忍不住绷直身子，轻咳一声，确认道：“我必须谨慎回答这个问题，对吧？”

她用毫不动摇的视线表示了肯定。

我深吸一口气，仔细选择了言辞。

“我是说，在桑拿房看见四仰八叉的女性会感到悲哀。”

我们正在吃法餐。那天是一场轻奢的餐会，同桌的女性说到了桑拿。

上野教授听到我随口接上的话时，突然停下了所有动作。

“我在桑拿房看见放松得四仰八叉的女性，会感到悲哀。”

“你的意思是，女人不可以放松吗？”

“不是，放松当然可以放松，可放松过头就有点那个了。”

“不懂。什么意思？”

“比如嘴巴张大，两腿张开，不成体统。”

“那有什么不行？只是在放松啊。”

“外表不美丽。”

“不懂。女人必须时时刻刻保持美丽吗？我不理解。”

她口中的“不懂”是一种力量。只需说出这两个字，我就会浑身战栗、动弹不得。

“你是什么意思？一字一句搞清楚了再回答。”——我简直要被那两个字背后隐藏的刀锋吓得失去理智，不得不集中所有精神。

“那男的就可以放松吗？”

她听到无法置若罔闻的话，绝不会置若罔闻。

“男的平时就很吊儿郎当，所以我不会感到悲哀，”说到这里，我突然看到了逃脱定身术的一线曙光，“所以我想说的是这种落差。如果女的一放松就会变得四仰八叉，那她们平时表现出来的姿态是怎么回事？我为一个人的内外落差感到震惊，就是这个意思。”

我拼命扇动嘴皮子，仿佛要用呐喊解开恐怖的定身术。

我们的刀叉已经定住了很长时间。

“这样说的话，我就懂了。”

目不斜视的对话，在她说出这句话时迎来了终结。

她若无其事地移动双手，美美地吃起了羊肉。

我全身的毛孔都长舒了一口气，明显感觉到自己整个人缩小了一圈，弓着背往嘴里塞了一口冷掉的红酒炖牛肉。

她是日本女权主义者的代表。

我怎么会在这位“日本最可怕的女人”面前说出如此没脑子的话呢？我就着红酒咽下了满腔的苦涩。但我也有了重大的发现，原来“不懂”二字能给对手制造如此大的震慑力。

我想学的是讨论的内涵。每次遇到觉得奇怪又无法用语言表达的事情时，我就会想：如果换成上野千鹤子，她会怎么说？

比如早上轻松愉悦的综艺节目。

“今天天气真好啊。”主持人如此开场之后，通过一则报道进入援助交际[1]的话题。

“各位同学，请远离援助交际哦，那样会玷污身体。”

欸？产生疑问的瞬间，我飞快扫视了周围嘉宾和工作人员的表情。一般来说，只要出现不适合公众领域的话语表达，人们就会露出僵硬的表情。但是那一刻，每个人都泰然自若。

“天气真好”和“玷污身体”在演播间内竟能同时存在。

这样不对。我身为嘉宾，开始拼命寻找自己的话语。什么不对？哪里不对？

---

1 援助交际：简称“援交”，是源自日本的委婉语，指未成年人为获得金钱与成年人约会。从字面上看似乎未伴有性接触，现今却成为未成年人自行寻找客人进行性交易的代名词。

这可是轻快愉悦的晨间综艺节目。那天的主题是“百元店”。

“遥女士如果有一百日元，会买什么东西？”

主持人提出问题的瞬间，我扔下无法表达的援助交际问题，选择了更简单的“一百日元”。

“嗯……应该会买丝袜吧。”

此时此刻，我几乎要被自我厌恶压倒。

晨间的轻快气氛逼我闭上了嘴。

研究室的午饭时间，与职员们围在一起吃饭的片刻闲暇是我唯一能向教授提问的时间。

“老师，假设聊到援助交际问题，有人说卖身赚钱会玷污身体，您会怎么回答？”

教授脸上闪过不高兴的表情，但还是回答了我的问题。

“脏了就洗不干净吗？那要怎样才能变干净？难道脏了一次，那个人一辈子都是脏的吗？别人就可以歧视她吗？”

太了不起了！话音落下，教授若无其事地重新捧起了可爱的便当盒。

在看似平稳的气氛中，一位女职员加入了话题。

“我以前在电视上看到，一个做过援助交际的学生说自己事后很后悔，就觉得莫名理解。”

上野教授放下筷子，停止了一切动作。

来了！

“不懂。她后悔什么？”

说出来了！

就算是这里的职员也无法阻止她了。所有人都知道，被她盯上的人除了出战别无退路。

教授只靠眼神就能达到揪住对方衣领子的效果。

“我也不知道啊，是那个高中生这么说的。”

“你不知道为什么，却被说服了吗？我不理解。”

“演播室里的观众都有‘嗯嗯’的感觉哦。”

“不懂。演播室的观众感觉到什么了？”

“我也不知道啊，因为我不是演播室的观众。”

“你不知道电视上的高中生究竟后悔什么，也不知道观众感觉到了什么，却被说服了？”

“不知道怎么的，就有‘嗯嗯’的感觉。”

“那你就是什么都没理解啊。既然什么都没理解，为什么要说出来？我不懂。”

也许，“濒死”指的就是这种体验吧。

Knock out。完全被 KO 了。

身边这位正一点点流失最后的生命力、只知道瑟瑟发抖的可怜人成了我的好同志。

我不禁责备自己为何提起了援助交际的话题。

教授合上便当盖子，对那位无言以对的职员说：“在我面前做不谨慎的发言，我会突然变得不近人情哦。”

她站起来，走向门口。

“好可怕……”

好同志的窃窃私语都没被教授放过。

她瞬间停下开门的动作，像慢动作回放一般转过头：“我觉得，明明什么都不懂，却觉得自己懂了——”

她顿了顿，然后字正腔圆地开口，“更可怕。”

大门关上了。

我顿时想，“酷”这个字就是为了这种人而存在的。

身上穿什么衣服取决于一个人的原则与观点。没有观点的人，也就谈不上什么时尚了。

选择什么样的妆容、发型以及发言也同样如此。

包包我喜欢古驰的，衣服喜欢阿玛尼的。

发言，我喜欢上野的。

而最让我着迷的，就是“不懂”这件单品。

我与学生做交易

从“让我看看嘛！”到“这什么呀！”,中间不过十秒钟。

我与艺人同行O小姐在代官山的法国餐馆吃晚餐。

“洋子，你知道代官山为什么叫代官山吗？”

“不知道。”

“以前代官老爷住在这里，所以叫代官山哦。”

“哦。”

O小姐是个美貌、知性与时尚兼备的艺人。

我跟她总在最能衬托这些品质的餐厅相约吃饭。这天，我们来到了棒球解说员江川卓所著的红酒书上推荐的餐厅，点了昂贵的“江川同款红酒”，享受口腹之欢。

她对我的学习很感兴趣。

下课后，我顶着两个黑眼圈，已被折腾得筋疲力尽。给在教室荧光灯下怎么看怎么凄惨的脸重新打上粉底后，我来到餐厅温和的照明中。每次我都忍不住感叹，怎么上课会这么累啊。这种时候，跟O小姐轻松愉快的对话总能治愈我的心灵。

“你到底在学什么呀？让我看看你说的文献嘛。”

片刻之后，她的感想是：“这什么呀！连一个平假名都没有！这标题两行全是汉字啊！[1]另外这两行的平假名只有‘の’和‘と’[2]嘛！这啥啊！”

“就是这样的。”

我一开始的感想跟她别无二致。光主题就够呛了。先是“中心概念”“基本假设”“根本价值”，再就是什么“单一民族神话”“水平[3]运动史研究”“性的二元论”等等。平假名极端稀少的文章在我眼中形同中文或古文。缺乏笑点的内容也大大拖慢了我的阅读速度。由此可见市面上销售的书籍对读者是多么贴心，而文献这种东西又多么专注于研究者对问题的认识。

她没有放开我的文献，一边吃开胃菜一边埋头阅读，而且相比开胃菜，她显然对那份文献更着迷。快要上主菜时，我注意到我们好久没有说话了，就问了一句：“看到哪儿了？”

---

1 日语文章的表述方式主要有平假名、片假名与汉字。平假名与片假名直接用符号代表日语的“五十音”，较为简明易懂。汉字阅读起来比较复杂，不易理解。

2 可翻译为“的”与“和”。

3 水平：指1922年3月成立的日本部落解放运动团体——全国水平社，其目标是提高被歧视部落的地位，确立部落民的人权。

"等等！我才看了三行！"

"三行……"

这就是我们眼中的"文献"。虽然我们生活在日语环境中，但我万万没想到，世上竟存在如此不一样的日语。

日常生活不需要很多语言，单靠"吃饭""洗澡""睡觉"这三个词，人就能活得很好。可是，一旦涉及自我与他人的关系，话语就怎么都不嫌多。即便如此，也很难说人与人就能有效沟通。

除了语言，我们没有其他的表达手段。恐怕不只我一个人曾经体验过这种烦躁。

> 要表达完整的经验，通过语言永远存在"不足"。与此同时，语言对于经验始终是"过剩"的。（上野千鹤子，《"我"的元社会学》）

上野自己也在提醒我们，时刻不能忘了这个道理。

可是，我拜入上野教授门下是为了学习"语言""讨论的内涵"和"理论"。若问对研究这些问题的工具，也就是所谓"国家论""战争"，乃至"现代德国"有多大的兴趣，我只能说"一点没有"。

它们还不如"代官山为什么叫代官山"有意思。

面对与战争有关的资料之山，我不禁有点怀疑——看了这些资料，真的能得到我想要的东西吗？O小姐扔下文献，说了一句话："洋子，你还是好好学，把学懂的东西告诉我吧。"

要是有人能把学懂的东西直接告诉我，我也想抱那个人的大腿啊。

教室里有好多可爱型的学生，这跟我的想象截然不同。我还以为自己只会见到许多书呆子呢。

只不过，她们大都不化妆。二十岁到三十岁这个年龄段应该是最爱美的时候，这些学生却顶着素颜度过。她们是为了表达自己的主张，还是沉迷学习无暇化妆？至少看起来她们并不认为化妆具有多大的价值。

我上学的时候曾经走遍化妆品店，研究哪种粉底最好用。那时候我把变美放在了高于学习的位置。考虑到面试官都是男性，我认为那是极为理智的判断，并且至今仍在致力于变美。

电视台的化妆室是交换变美信息的重要场所。

现在流行什么化妆法，如何才能解决皮肤问题，我们谈论这些时，专业化妆师也在发挥他们的技术。

黑眼圈可以用遮瑕膏遮住，啫喱状睫毛膏可以让眼睫毛更卷翘，纤维粉可以增长睫毛……除了各种秘诀，我们还谈论文眉和文眼线。痣和皱纹可以用激光去除，连口红和眼影的效果都能通过医美手段达到！简直是专家的神技。

可怕的是，化妆室还常备着遮盖女艺人遭家暴痕迹的强效遮瑕产品——瘀青遮瑕膏。我一打听，还真有艺人偶尔会用上那东西。每次遇到这种情况，化妆师都会默默地拿起它，给艺人抹上。

有一次，我手臂上也多了好多瘀青。化妆师什么都没问，一言不发地帮我全都遮掉了。后来我听说，那位化妆师当时很气愤，心里一直在想："到底是谁对遥小姐做了这种事！"

其实我上班前做了盐浴按摩，那都是按出来的瘀青。能有这样的专业人士真是太难得了。他们能用一瓶小小的遮瑕膏，为你遮去恋人留下的吻痕、暴力痕迹、熬夜的黑眼圈，一切人类的瑕疵，让你成为无机的存在，专心投入工作。我们身边都是追求美的专家。

一直过着这种生活的我开始跟同一个研究会的学生们吃午饭。其中一个学生十分优秀，她的论文甚至被选为了研究会的文献。这种优秀连我都能一眼看出来。

那个学生常把"共同体主义的发展论""不等价交换"这些词语挂在嘴边，这就是她的日常用语。她总是随口说出这样的话，就跟我平时说的"你好"差不多。至于她在研究会上的发言……我一个字都听不懂。

她的论文标题前缀就长得让我瞠目结舌："东京大学大学院人文社会系研究科社会文化研究专业社会学方向博士课程入学审查论文"。写了这么一大串，还没有写到标题。

听起来就跟落语的《寿限无》[1]差不多。对我来说，她就是“汉字”的化身。

“你放假打算干什么？”

“去越南。”

“度假？真好啊。”

“不，是做第三世界研究。”

“……”

没错，“汉字”小姐，她跟我完全生活在两个不同的世界。

“汉字”小姐跟我说话了。

“遥姐，你 hada[2] 真好。”

“hada？”

那写作什么汉字？是什么专业术语？我犹豫了片刻，但无论怎么想，根据上下文推测，那都应该是“皮肤”。

“hada？呃，你是说皮肤？”

已经像跟外国人讲话了。

无论聊什么都这样，必须反复确认每个词指的是什么才能继续对话。不过既然说到皮肤了，这当然就是俗里俗气的日常对话了吧！

---

1 《寿限无》：落语的代表剧目之一，类似绕口令。讲述一位父亲请寺庙的和尚帮刚出生的婴儿取一个吉祥的好名字，和尚想出了好几个有着吉祥寓意的名字，难以抉择的父亲最后干脆将这些好的词语全都放进名字里，于是成了日本最长的姓名。

2 hada：日语“皮肤”的发音。

我有点怀疑自己的耳朵。邻居大妈常在澡堂跟我聊皮肤，城里的高中生常在闹市区跟我聊皮肤，现在这位“汉字”小姐竟然也对我说“你皮肤好好哦——”。

别的学生也纷纷提出了问题。

“脸上应该涂什么好啊？”

“啊？”

她们说的话让我产生了一百种疑问。她们想了解基础护肤吗？想让我推荐隔离霜吗？想选粉底吗？想问品牌吗？想问颜色或者技巧吗？

“什么涂什么？”

“大家都在脸上涂什么呢？便利店不是有很多装在瓶子里的液体嘛，我该买什么才好？”

餐厅里空间狭小，我们处在能看清彼此毛孔的距离。

我几乎是贴着鼻尖打量着她。

我所在的业界充满了只因为长得比较可爱，就想在演艺圈赚得盆满钵满的女孩。我平时就被那些只要能红，什么女性特征都愿意出售的女孩包围。此时此刻，我看着这个从未想过将“女性特征”作为自己的武器、只知道一心求学的学生，竟然心生感动。

“你想化妆吗？”

“是的。”

“原来不是不感兴趣啊。”

“是的。”

“一直都很想吗？”

“是的。”

“但是你不会，所以才没有化妆？”

“是的。”

那天真的笑容再一次让我震惊。

“我会长细纹……”

“因为你不擦粉底啊！”

“我眉毛很乱……”

“因为你不修啊！”

“我皮肤很干……”

“因为你没有做基础护肤啊！”

难以置信。接着，我想到了个好主意。

“不如我教你化妆吧？”

“教教我们吧。”大家纷纷点头。

“但是有个条件。我毕竟是专业人士，更详细的化妆知识不能白白告诉你们。”

“那要怎么办？”

“你们教我说话吧？”

“说话？”

这次轮到她们露出了莫名其妙的表情。

“在研究会上我有好多基本用语都听不懂，又不好意思问。你们能不能把我当成小学生，仔细教我？”

“小学生？”

“没错。用专业术语解释专业术语我还是听不懂。比如‘subsistence’我就不知道是什么。”

“这是个尚未形成明确定义，存在多种不同解释的术语。”

“所以说啊，你这样解释不行。那是专家的意见。我知道你们做研究要言辞谨慎，但现在请不要担心说得绝对，直接告诉我意思。假设我是小学生，你要如何解释这个词？”

“……自给自足吧？”

“对！这样就行！谢谢你！”

“那关于化妆……”

就这样，我获得了一对一的老师。

从那天起，我开始粘着那个学生上课。

她在课上大胆讨论，每次被我一戳，就转过来把自己刚刚讲的日语再翻译成日语给我听。

我在一片黑暗中摸索，这个学生朋友成了我唯一的光明。

引用文献：

上野千鶴子，「〈わたし〉のメタ社会学」，岩波講座・現代社会学 1『現代社会の社会学』，岩波書店，1997 年

美貌、巨乳与学问的价值

有个地方叫桃花源。

我觉得，知识汇集的地方也是一种桃花源。

那天，我匆匆赶往新干线车站。有一堂课我无论如何都要去听。那个名为“性别问题座谈会”的课程邀请了各界作者谈论自己的著作。我能身处这个环境，真是太棒了。

那一天邀请的作者是上野千鹤子，会上要讨论的书籍是《发情装置》。

我被这个极其诱人的标题吸引，特意找了书来读，惊叹于她对从“恋爱”到“现代家庭”的研究竟如此深入，迫不及待地想跟上野千鹤子本人展开讨论。

平时虽然我跟上野教授相处的时间很多，但课堂上大多是学生互相切磋琢磨，很少听到教授的直接见解。

她很爱说一句话：“别让我说话。”

一旦研究会的讨论开始，她的工作就成了管理讨论内容。她不是亲自示范给我们看，而是指导学生如何做。一旦讨论走向错误的方向，她就会毫不留情地指出。若是出现有趣的内容，她就会让它不断深入，最终化为感动。

不准偷懒，要靠自己推动讨论。我一旦开口，讨论就结束了——她很爱说的那句话包含着这样的意思。

但是今天不一样，我可以堂堂正正地向她本人提问。从大阪到东京的三个小时车程，我都兴致勃勃地沉浸在那部三百页的著作中，准备要提的问题。

险些迟到的我气喘吁吁地赶到教室时，发现里面的气氛有点奇怪。大家都在生气。

这不对啊，平时只有上野教授生气的份儿。有时讨论过度激化，报告人与某个提问者会发生争论，但我从未见到过所有人都烦躁不已的场面。

等我找到位子落座后，很快就明白了原因。

是报告人。

那个看起来温和宽厚的男性颠覆了自己给人的印象，正在开展对上野的彻底批判。众人烦躁的原因在于，他的批判完全不在点子上。

该男子说："那是女性的本能啊。"

呃，本能来了。喂喂，你没事吧。刚落座就飞进耳中的"本能"二字让我无须了解讨论的内容就恍然大悟。这也太不谨慎了。

“本能”正是促成女性主义诞生的根本源头之一。

“本能”，多么美好、怪异、可疑、卑劣又丑恶的词语。一切女性的诉求都被这个词强压下去，转化为可利用之物。小至家庭，大至国家。

我们历经了多少岁月，才意识到那是可能让女性自身都被误导的危险概念。

驹尺喜美这样说：

> 我们不能轻易使用“本能”这个词。另外，也不能被“本能”这个词束缚。“本能”是最暴力、最蛮横的词语，它给我们施加了无法逃离的暗示。“母性本能”便是其中之最。它死死压在女性身上，决不让任何人逃离，强迫她们接受这种“女人的宿命”。如果“母性”真的是本能，就不应该存在杀子的惨案。可是正如父亲会杀子，母亲同样会杀子。(《魔女的审判》)

上野教授皱着眉，一动不动。

话题转向残障人士的性欲处理问题。有人提出意见，认为志愿者为残障人士联系性服务没有问题。

“那女性残障人士怎么办？就让她们躺在路边张开双腿吗？”

太尖锐了。上野教授果然敢说。

“那你说如何处理性欲？”

“性欲是什么？是对亲密性的欲求，还是对肉体快感的欲求？如果不厘清这点，就谈不上处理。”

问题果然归结到了“语言”的概念。

“男人性欲强，没有办法。”强暴通常被人用这句话来化解。然而那其实并非性欲，而是攻击性的表现。“男性是一种甚至能靠憎恨勃起的生物。”上野在《发情装置》中这样写道。

她经常给我们思考“语言”的机会，然而那些机会总在触及她的逆鳞时突然到来。因此每当得到新的发现，我都会遍体鳞伤。

对心情糟糕的教授提问需要极大的勇气。

“那个……我想问问美女的价值。”

嗯？教授转过了杀气腾腾的脸。

“那个……就是关于美貌的价值……”

话还没说完就被打断了。

“美女和美貌并不等同。”

只听到这句话，我就想回家了。但是不行，这样对不起我的新干线车票钱。我再次鼓起勇气。

“您说当女性被排除在生产之外时，就被强加了美的价值。那么现在女性已经大量参与到社会工作中，为何女性的美还有那么大的价值呢？”我太害怕了，忍不住一口气说完了问题。

“女性的价值已经不在于美丽。相比美丽的妻子，现在人们更重视她是医生，是有钱人，或者是知名画家。女性的价值已经发生了变化。”上野教授用一句话断绝了所有后续的提问。不仅如此，她还对已经泄了气的我乘胜追击。

“你之所以还感觉到美的价值，难道不是因为你处在演艺界这个会给美标出破格定价的特殊世界吗？我认为妻子的价值现在已经不在于美貌，而在于经济实力。”

这样啊，原来我处在特殊的世界啊。下班后顶着大浓妆和夸张发型直接去上课的我的确是与众不同的存在。

那天我参加了夏季纳凉特别节目的录制，穿了郁金香图案的浴衣。但是穿浴衣实在不方便去参加研究会，我就在新干线车厢里换了件连衣裙，然而头上依旧顶着做节目用的华丽发型。就算摘掉发簪，还是散发着浓浓的风尘味。我不禁为自己格外显眼的外表感到羞耻。在场所有认识的学生也都向夸张而沮丧的我投来了怜悯的目光。

“原来我很特殊啊。”这句话一直在脑中挥之不去。

在我的工作场所，最活泼的都是小辣妹。既然做的是博取人气的生意，场上自然会划分出各种势力版图。当下最受欢迎的人就是那里的王，可以在场上昂首阔步。但是和其他业界一样，抛开人气不谈，男性可以随着年龄的增长确认自己的地位，女性却不可避免地渐渐失去立足之地。

我所属的行业，女性越年轻越受追捧，无知作为这种年轻的印证也因而受到好评。在那个基础上，如果再配以混乱不清的遣词造句，老头们就会狂喜乱舞。

现在最有价值的人就是“小辣妹”。当然，美貌与巨乳也成了标配。十六岁少女的登场会让全场沸腾，旁边的十七岁少女顿时面色阴沉，二十岁的女子更是感到自身地位岌岌可危，自觉向后退却。像我这种三十多岁的平胸女人，可以说毫无价值。

打开电视机，一个比我年轻的女艺人竟在一群小辣妹面前指着自己说“阿姨我啊”。

快住嘴！我不禁哀号。

如果不再是小辣妹，接下来等待自己的分类就只有阿姨了吗？一个掌握了正确日语，彬彬有礼，除了打扮自己还有别的爱好的平胸女子，恐怕不配得到任何工作机会。

我就来自这样的行业。可是，在某个地方，每个人都满足了以上条件，依旧能异常活跃。那就是这间汇聚了学问的教室。这里似乎不存在任何歧视。女人的容貌和年龄不是判断标准。大家时刻注意正确的遣词造句以保证有效的交流。男同性恋大方承认自己的性向，女同性恋以自己的身份为傲。残障人士周围都是愿意帮助他的人。没有人会隐瞒自己来自哪个国家。

令人惊讶的是，做自我介绍时，也没有人会问你胸部的尺寸！！

这里只有一个评价标准，就是学识。

对我来说，这里才是特殊的世界，是世间的理想国、桃花源。在我的行业里，有哪个男人敢出柜？女人更不可能。女同性恋在那里成了不存在的概念。没有人知道谁是在日韩国人或朝鲜人。出门在外依旧能看到轮椅上的人在台阶前高声求助。每个女人的地位都由年龄和容貌决定。评价在工作之外已经成形。

“美没有价值。”能够如此断言的上野教授所在的环境，以及不美就无法生存的我所在的环境，我接触到了这两种完全不一样的社会。

也许，它们是处在两极的社会，视彼此为特殊的存在，却又都是不折不扣的现实。

第二天，我回到工作场所，坐在节目会议的座位上。大家正在讨论下场节目邀请哪位女艺人。桌上摆着美丽的宣传照片，她是个惊人的美女。

男人盯着照片提问道：“多大了？”

“十六岁。”

“胸大吗？”

“很大。”

“嗯，可以吧？让她来呗。”

就这么定了。

男人不能靠年龄、外表和阴茎的大小获得工作，所以要磨炼能力。

女人可以靠年龄、外表和乳房的大小获得工作，所以要研究化妆，努力冻龄，猛塞胸垫。

不然还能怎么办？我这样想着，今天也拼了老命扣上提拉聚拢胸罩。

引用文献：

上野千鶴子，『発情装置』，筑摩書房，1998 年

駒尺喜美、小西綾，『魔女の審判』，エポナ出版，1979 年

“明白这个就妥啦！”

我有一种自卑。我为自己是“教室里最蠢的人”感到自卑。

“蠢”说的是脑力，也就是记忆力、理解力、应用力、解读力……还有知识，即对事物的了解程度。

前者已经无可改变，毕竟人的天赋各不相同。但是后者属于可以努力的范畴。至少我是这样想的。带着这个想法，我走进了大学。

一如往常，我拿到了被称作“大纲”的、总结了报告人论文纲要的资料，它对我而言宛如天书。

我做的第一件事就是在里面寻找自己能看懂的日语。上学时老师教过，看英语的时候，要先把自己认识的单词提取出来，把握大致的意思。

对我来说，看大纲跟看英语差不多。上野教授曾经分享过诀窍，就是“哪怕只是粗略浏览，也要把文献从头到尾读一遍”。先开启头脑的涡轮发动机，以最快速度过一遍，然后静下心来仔细阅读，最后把重点放在自己关心的地方深入阅读。别人读一遍的时间，我要读上三遍，否则别想跟上。

可是，那天有些不同。

“啊？”我心中闪过一阵不安。这东西我连大致理解都做不到。别急，再读一遍吧。可读完还是连概要都不明白。“怎么回事？”我边想边做了个深呼吸，重新发起挑战。结果还是一样。

“我果然是笨蛋！读多少遍都看不懂。我真的跟不上啊！”

就在那时，一个人提问了：“这份大纲究竟想说什么？”

这就是自卑。这就是自卑导致的落差。看不懂的时候，是沮丧地认为“是我不行”，还是能说出“这在说啥呢？”，两者的差距实在太大了。只要存在这个差距，疑问就不会投射到对方身上，而会始终返回给自己。我知道，这样永远无法形成讨论。

来到这里，有一件事让我异常惊讶。一直以来，我都以为学问是要讨教的。但是在这里，做学问竟是在批判前人研究者。他们不会把前人当作正确的范本，而是指出前人犯的错误，开拓前人未能开拓的道路。这就是他们在研究会上做的事情。

毫无疑问，这里是学问的最前沿。

按照我对“学习”的理解，这里不是来学习的地方，而是已经学有所成的人聚首的地方。

“你很紧张吗？”我跟上野教授独处时，她这样问道。

“研究会吗？我不紧张。”

太小看我了。我在这个靠露脸为生的行业干了十几年，紧张二字基本与我无缘。就算在大阪城的大厅里讲话，我也没紧张过。

“那你为什么不提问？你能听懂大家说的话吗？”

“听不懂。”

“那为什么不提问？”

“因为听不懂，所以问不出来。”

“所以要提问啊。”

“就是不懂的地方太多了，连问都问不出来。提问的前提是理解，有了一定的理解，才知道自己不理解的地方在哪里。如果一点都不理解，就连自己哪里不理解都不知道了。”

这话怎么越说越糊涂了。

总而言之，我渴望“理解”。因为我理解到，“理解”对我而言是生死攸关的问题。于是我做出了决定：“我要赶上大家。”就算能力不行，至少也要在知识上追赶。

第一年，我把过去两年的文献，也就是合计三年的文献一口气读完了。整整三大箱。

无论何时，无论在哪儿，我都在埋头阅读那些文献。哪怕去滑雪，我也趴在床上读；跟朋友出去玩，也要趁空读；往返六个小时的新干线，我都在读文献。有一次在新干线上，坐我旁边的男乘客喝了啤酒、吃了盒饭，睡完一觉后到站了，看见我还在读文献，竟叹着气对我说："每天得这么努力学习才能上电视啊……"

总而言之，我每天都在读文献。我还体验过中途不休息一口气读完整本书，导致脸都麻木的感觉。

然后，我读完了。每一份文献我都没有跳过，一字一句读完了。

然后我迎来了最糟糕的事态。……我更不懂了！

我已经陷入了无法挽回的混乱状态。这些东西超过了我的能力。大脑过热了。混乱的脑子开始冒烟，努力没有带来我所期待的结果，我突然很想哭。

"老师，我读完了三年的文献。"

"什么？！"

我从未见过她露出如此惊讶的表情。见她如此惊讶，我不禁为即将到来的失望感到心寒。在下课的喧嚣声中，上野教授的惊讶使我们二人处在了真空状态。

"真的吗？"

"是的。可现在问题是，我更不懂了。无论看多少文献，我都找不到答案。看到最后，我还是什么都不懂。"

说着说着，连我自己都觉得太没出息了。我不禁痛恨父母为何没有给我更聪明的脑袋。我实在没办法了。

"我该怎么办啊？硬要说的话，我只明白了一件事，那就是凡事不可一概而论。"

"明白这个就妥啦！"教授的反应出乎我的意料，"理解这个就够了。”

无论问多少次，我都难以理解。她究竟在说什么呀？

“可是理解了这个也形成不了讨论呀。如果不知道答案，就无法反驳。凡事不可一概而论，那怎么讨论？”

“讨论本来就是从单方面的论述开始的。属于自己的抽屉越多越好。”教授始终面带笑容。

“有很多抽屉有什么用？我读过就忘了。需要的时候拉不出来的抽屉能起到什么作用呢？那么多知识，我真的记不住。”

“忘掉吧。”

啊？她在说什么呢？

“如果你记不住文献，证明文献没有被记住的价值。使劲忘掉吧。最后能记住的东西才真正有价值。就算忘记了内容，只要知道凡事存在着许多层面，就能否定单方面的论述。”

“可以这样说，也可以那样说，那到底该怎么说？这实在太难了，我想不出答案。”

“因为还没有答案。复杂的事物不能简单地理解。复杂的事物就该复杂地理解。”

“可是没有讲解还是不行。读了那么多文献，得有个人像指挥交通一样帮助我理解。凭我一个人实在学不会。”

教授听完我的哭诉，最后留下一句话：“我们都是自学的。”说完，她拍拍我的肩，走出了教室。

织田元子这样阐述学问：

> 学问的世界，尤其是人文科学的世界，奉行权威至上主义。权威即真理，真理即权威。权威由权力维持。而在一切社会和一切文化中，权力都掌握在男性手中。(《女性主义评判》)

女性主义就是学问世界里的姗姗来迟者。

上野千鹤子这样说道：

> “万人眼中的真理”这种乍看中立而具有普遍性的知识，究竟为谁而存在，为什么而存在？在“真理”的名义之下，谁被排除在外，什么遭到压抑？没有什么立场能比女性主义更深入地追究这个问题。(《“我”的元社会学》)

女性主义指出了学问的政治性。因此，后来的研究者几乎都是自学。这下我理解了。

学问是自然发生且确定的——这是我的误解。我必须最先了解的其实是揭发学问这种权威装置的女性主义的这一根本属性。上野还这样说过：

> 不需要给“教养”和“原创性”赋予神秘的意义。

了解“已知的事物”是什么，并且区分它与自己的思考有何不同。“异见”就是这样创造出来的。（同上）

也就是说，先了解，再思考，答案不止一个。这就是学问。我读了文献，又得到了一点知识。这就是“正确的学习方法”。

引用文献：

織田元子，『フェミニズム批評』，勁草書房，1987 年

上野千鶴子，「〈わたし〉のメタ社会学」，岩波講座·現代社会学 1『現代社会の社会学』，岩波書店，1997 年

假如聪明也分种类

我一直觉得学者肯定很聪明。

不对，学者确实很聪明，但是一次经历让我意识到，聪明也分种类。

有很多人以各种形式在大学学习。这里不愧是培养学者专家的地方，汇集了世界各地的学者。这天的研究会就由一位希腊学者发表论文。

虽说我已经习惯了教室里各国语言满天乱飞，心里还是非常不安。“希腊？那是什么语？我能听懂吗？”

就在我目光飘忽之时，上野教授说话了。

“今天你来主持。”

开玩笑吧！为什么要我主持专家的报告会啊？我不敢哀号，只能垂头丧气地走到黑板前的座位，心里不断责备自己。

“为什么让视线飘了！你是笨蛋吗！低着头不好吗！”

走到座位上一看，我惊呆了。今天到场的学生跟平时完全不一样。看来有特别报告会时，相关领域的专家都会得到小道消息，然后聚集过来。虽然不知道这些都是什么人，但我面对一群专家还是忍不住紧张，内心一直在重复那句话："啊？希腊？英语？希腊语？"

教室陷入沉寂。我知道报告人进来了。

"很抱歉，我来晚了。好久没来日本了。上野教授，您还好吧。今天来到这里，是想为大家做一场报告，说一说我这半年在出版社做田野调查的成果。"

堪称完美的日语。我一直以为会说日语的老外只有戴夫·史贝特[1]，此时顿觉山外有山。

她的敬语、自谦语、礼貌语，全都完美无瑕。

"上帝竟创造了如此优秀的头脑。"我险些说出莫名其妙的话来，慌忙祈祷不要在这堂课上贻笑大方，然后宣布报告开始。

分发完数量庞大的资料后，她在众人的期待中开始做报告。一名希腊学者在日本出版社做了为期半年的田野调查，究竟得出了什么结论？在场所有人都屏住了呼吸。

她的遣词造句听起来很舒服，节奏虽然很快，却不会给听讲人造成压力。面带笑容的白皙侧脸如此美丽，甚至有种游刃有余的感觉。作为主持人的我暂时还不需要做什么，

---

1 戴夫·史贝特（Dave Spector）：主要在日本活动的美籍制作人、艺人。

等她做完报告进入讨论阶段，我才有活干。

我正安安心心地听着报告，突然意识到一件事。报告已经开始十五分钟了，那堆资料还摆在桌上，一点没被消化。

连我都知道，用仅剩的十五分钟不可能讲完这堆资料。于是我鼓起勇气提醒了剩余时间。她看都没看我，点点头表示听到了，然后继续往下说。

十分钟过去了，资料的大山丝毫没有减少。

还剩五分钟。此时应该进入总结阶段了，于是我再次提醒时间。

这次，她有点不高兴地皱着眉，轻轻点了一下头，还是没有停下来。很快，预计的三十分钟已经过去，她又往下讲了十分钟，依旧没有结束的征兆。

我战战兢兢地盯着那张白皙的面孔，用恳求的语气提醒道："那个，差不多该……"

她微微涨红了脸，加快了语速。就这样，竟然……讲了一个小时。

"那个，不好意思，资料还有这么多，我有点担心。请问您还要讲多久呢？"

"很快就结束了！"

她如此断言时，脸上已经没有了笑容，原本粉嫩的肌肤涨得通红。尽管如此，她还是没有停下来。

她显然生气了。可她究竟在气什么？我也不清楚。

一小时二十分钟过去了。

究竟哪里不对？是谁不对？是我这个主持做得不好吗？我脑子一片混乱，只知道再这样下去不行。

“那个，不好意思，打扰了，今天各界来了那么多客人，我想至少保留十分钟讨论时间，能请您停下来吗？”

我极尽卑微地恳求，都恨不得哭出来了。对方可是学者啊。

“再给我两分钟！”

她愤慨地摇着头，还是说个不停，而且满脸通红，浑身散发着杀气，让我觉得这个人恐怕要不停地说到死了。

就这样，一个半小时过去了。上课时间早已用完，她还是没有停下来。

我已经没有勇气看上野教授了。失败了。这不叫失败叫什么？是我主持没做好。上帝啊！我该怎么做才能让这个人闭嘴？

我已经顾不上日本与希腊的文化差异，也顾不上社会学了。出版社的田野调查报告早已成为往事，我脑中想的全是这个地狱有没有尽头，这个学者到底还要讲多久。

演艺界偶尔也会出现这种人，丝毫不在意时间限制，一个人滔滔不绝。

节目都有严格的时间管理。“绝对要结束,不结束不行。”就算没有结束，也要强行结束。

所以那样的嘉宾登场时，主持人的能力就会受到考验。如何在绝妙的时机让对方停下来，如何把时间公平分配给其他嘉宾，如何在节目最后有时间说出那句“再见”。

虽然肯定都是要结束，草草结束和有序结束也会体现出能力的差距。

有一次做竞答特辑，获胜者还没来得及讲话，节目就被迫结束了。可以想象当时副导演的僵硬表情，还有给他当助手的我的惨叫。

“没有时间了！”

听到那句话，男主持人喊出了最后的台词：“不会吧！”

就这样，节目结束了。我至今都忘不了那个主持人的表情。我也能想象他没能游刃有余地说出“再见”，不得不留下一句“不会吧！”的屈辱。

所有人都心情复杂地离开了演播室，不知道刚才那一个小时究竟有什么意义。

然后我发现了“打断滔滔不绝”的诀窍。

那就是呼吸。

无论多么能说会道的人，说话时都要换气。那一瞬间，他绝不会说话。就要趁那个瞬间，抓住 0.1 秒的时机，夺取话语权。

这需要极其强大的注意力和运动神经。但只要学会这个方法，绝对能打断对方的话。即使不礼貌，在“时间有限”的绝对规则之下，也会得到原谅。然而在这里，我不能这么做。可如果不阻止她，这场发言就永远不会停下。一种截然不同的恐惧向我袭来，那是永无终结的恐惧。

连我都没能让这位学者闭嘴。我越想越怀疑，上野教授今天指名叫我主持，恐怕就是为了这个。

已经拖堂了好久，福音突然降临。

“以上就是我的报告。”

终于结束了。外面已经完全黑了下来，保安在晃着钥匙巡逻，发出阵阵脚步声。听众们无比安静。我猛然想起自己的职责，但此时已经浑身僵硬，口干舌燥。

“难得听到如此翔实的报告，有人想要提问吗？”

没有人回应我嘶哑的号召。

这回,沉默又让我陷入了不安。因为我听不懂她的报告。

她在日本研究了半年，报告了两个小时的东西，是我完全处理不了的信息。虽然我听不懂，但大家肯定听懂了呀！你们不是专家嘛！

“有人想要提问吗？”

我高声泣诉。这时，一个男学生举起了手。

“这……该问些什么呢？”

我感到全身的力气瞬间蒸发了。没有人听懂。原来沉默代表了困惑。原来不只是我一个人没听懂。

当无法理解别人说的话时，我会认为那是自己太蠢。可是全班人都没听懂，我一时不知如何反应。难道报告的内容太过高深，全场的人都是笨蛋？还是完全相反？

教室一片死寂，报告人沮丧地呆站在讲台上，我则茫然自失,不知如何是好。就在那时,一个熟悉的声音飘进耳中。

是上野教授。

“那你的发现是什么？”那缓慢的语调宛如大地震的前兆，激起我心中深藏的恐惧。

“那你的发现是什么？”她又一次缓慢地重复了问题，可以猜测教授的怒气已经到达顶点。

所有人都紧张地盯着那个场面。学者对学者。专业人士上场，那就轮不到学生说话了。胜负无须猜测。

研究本来就是要通过表面现象发现内部潜藏的东西。如果没有发现，就不算是研究。我们亲眼见证了一个学者被彻底否定，不得不重新出发的凄惨场面。

可谓体无完肤。希腊学者通红的脸蛋满是扭曲的痛苦。

这下子，希腊学者花了整整两个小时向我们传达的信息只有一个，那就是“我日语很棒”。我似乎窥见了聪明背后隐藏的陷阱。

气氛尴尬的教室里响起了分不清是叹息还是对话的杂音，让人真实感觉到漫长的研究会总算结束了。我连说话的力气都没有了，推开已经关闭的教学楼铁门，走出冰冷的大楼，回头再看了一眼包裹在黑暗中的安田讲堂，然后走下了石阶。

钟塔的时钟显示现在是晚上九点。

但我还是甩不掉自责的情绪，总觉得自己也有一定责任，因此沮丧地走着。就在那时，上野教授从我身边超了过去，在我耳边低声留下了一句话：“其实也有那样的学者。”

没等我回答，教授已经迈着轻快的步子消失在黑暗中。

我回过头，刚才那位希腊女性正谈笑风生地走来。她的脸已经变回了白皙的颜色，真不可思议。

看来聪明也分种类。我首先要确定，自己需要哪一种聪明。我由衷地想。

安田讲堂之所见

我过着声色犬马的生活。

平时有很多派对。有的派对在酒店，有的派对在餐厅，另外还有很多家庭派对。根据参加者的行业，这些派对会变成迥然不同的空间。

介绍一下我体验过的空间，首先是演艺界。

大阪有很多艺人，每次都能请来一群外向活泼的人，因此绝不会出现“突然沉默”的场景。基本上每个人嗓门都很大，所以很吵。不过艺人说起话来真的很有意思。有时兴致上来了，服务精神旺盛的艺人还会脱衣服。那是派对达到高潮的瞬间。赤身裸体索吻的男人，尖叫着躲闪的女人。男人赤身裸体被胶带五花大绑，留影为证。而对这团性骚扰的风暴不知为何竟然有人乐在其中。我也曾跟众多艺人拍过下半身只有一条连裤袜的重口味照片。

然后是运动员。

他们上来就是喝，一通猛灌。然后是吃，狼吞虎咽。接着就唱歌，声嘶力竭。总之就像一群发育过度的小狗似的玩闹。闹完了就开始撩妹。这帮人丝毫不掩饰自己的欲望，反倒直率得让人感动。

如果只观察单个的人，很难把握他所在行业的特征。但是派对能把一种职业的人浓缩提纯，摆在你眼前。

那么学者的派对呢？我第一次受到邀请去参加学者的家庭派对。曾经，我也邀请过上野教授参加派对，但是被她拒绝了。

“我不想浪费人生宝贵的几个小时去迎合别人。”

接着她又说：“我最多只跟五个人吃饭。”

据说那是能够保持对话的最大人数。原来如此。

那位上野教授会来参加家庭派对。那会是什么样的光景？现场会是什么气氛？她会跟别人聊什么？我完全无法想象。

房子里聚集了十几个男男女女。这时，一名男性拿出了 CD：“听这张 CD，能看见天使。”

如果是艺人的派对，光是说出这句话就要被人按住蹂躏、脱光衣服。这人究竟在说什么？我应该笑吗？

他设置好了光盘。

“……真的要听啊！”

那是巴赫的弥撒曲。房间里充满了管风琴厚重的旋律，每个人都庄严肃穆地倾听。我第一次见到参加者像石头一样凝固数十分钟的派对。

“难道后面会有关于天使的段子吗？”我听着弥撒曲，认真地思考着。

所有人都安静地低头倾听。如果换作我常去的派对，这时应该会有魔爪伸向我的大腿，可是今天似乎不存在那样的男性。事实上，就算我在谈工作，有时也会突然发现男人的手在胸部周围乱晃。若是我说：“肩膀好酸。”搞不好会有人接上：“怎么了，我看看？”然后两手伸向胸部。有时有人叫一句：“遥小姐，你过来下。”我凑过去之后，他就趴在耳边说：“我爱你。”孤男寡女站在电梯里，对方说不定会用手指戳我的胸部上方。走进化妆室，有人道一句早安，接着就要索吻。仔细想想，我的工作环境真的充斥着性骚扰。

可是，虽然能够说出“不”，但这算是性骚扰吗？

每次遇到那种人，我都会踹上一脚，还不忘加上一句：“少得意忘形！”有时工作人员到家里来玩，一进屋就开始脱裤子，我还是会踹上一脚。“干什么！滚！”

这种也算性骚扰吗？当然，那种工作人员只是少数。

只不过，有时说了“不”，会被踢出节目。这应该算性骚扰。我得到的教训是，必须看着对方的眼睛说“不”。

常年生活在那样的环境中，一来到这彬彬有礼的空间，我反而有点不自在。我哪怕在这里不开灯过上三天，都不太可能受到性骚扰。这里不存在精虫上脑的大叔，却让我有点……不安。环境给人的影响真可怕。

想着想着，弥撒曲结束了。

“接下来唱歌吧。”

我的担忧果然没错，这里已经变成了神圣的教堂。你确定要我们在如此沉闷的气氛中唱歌？再下来是不是要忏悔过去的罪状了？

“遥女士先开始吧。”

我在没有麦克风、没有卡拉OK、没有聚光灯的情况下笔直站立，唱起了松田圣子的歌。

我从来没意识到圣子的歌如此暗淡悲怆。几个人拍起了手。巴赫后面是圣子耶！我内心疯狂吐槽，周围的人却不觉得奇怪，这让我更吃惊了。这派对究竟该怎么玩，谁来教教我。

下一个表演的女性唱了爵士。她竟然自己带了卡拉OK，我震惊了。

“我来跳个舞吧。”上野教授说道。

什么？！跳……跳舞？您要跳舞？在这种情况下？在这种气氛里？

教授刚起了个势就坐下了。“还是算了吧。”

搞什么？！搞什么啊？

另一名女性站起来说：“我也唱首歌吧。”那是电影《Looking For Fumiko——女人的自我寻觅》的参演者。

我大学时期看过这部电影。它是一部纪录片，讲了妇女解放斗士田中美津的故事。田中有一句名言：“妇女解放运动是新左翼怀胎十月所生出的怪胎。”

参演者唱了歌。那是大学斗争时期流行的歌曲，听着无比凄冷。

她一唱完，上野教授就责备道：“你唱那种歌干什么？”

我不知道她为什么没骂我的松田圣子，却骂了那首歌。其实我最想骂的是刚才的巴赫。

大家聚集到露台，凳子不够坐，有的人就蹲在地上。

“这让我回忆起学生时代了。”上野教授说道。

“我也是。以前社团活动结束，我就跟朋友坐在便利店门口聊天。”

“我参加学生运动的集会时，大家就这么坐着聊天。这就是时代的差别啊。”

原来教授参加过学生运动啊。

第一次去东大时，上野教授最先为我介绍的就是与石砌教学楼显得格格不入的大铁门。

“其实这扇门是大学斗争的遗产哦。”

“哦？”

推开沉重的铁门走到外面，左手边就是看上去灰扑扑的安田讲堂。

那里是不是被烧过啊？外墙上灰扑扑的，真的很像火烧的痕迹。

上野曾这样写道：

> 妇女解放运动始于一九七〇年，也就是安田讲堂攻防战以失败告终之后。大学斗争土崩瓦解，新左翼派走向末路，“战场”转向日常生活，此时妇女解放运动就诞生了。(《联合赤军与女性主义》)

妇女解放运动的背景是新左翼女性遭到割裂的现实。

> 若要得到男性的爱，就不得不去迎合无法成为“战斗力”的“女人味”；若要像男性那样发挥实力，则必须接受“男人婆”的身份，放弃得到男性的爱。(同上)

三十年后，女性的处境依旧没有改变。接着，上野又惋叹“职业女性与家庭主妇的对立已经过时得令人厌烦了”。

我敲开的女性主义的大门似乎还连接着学生运动。没想到它竟会通往那样的地方。

一想到参与了日本妇女解放运动、马克思主义女权运动的历史性人物此刻都聚集在这里，我就莫名感动。

总算要开饭了。今天有炖猪舌。我没有一个朋友会做猪舌。每次搞家庭派对都有三十多个人来参加。我们的派对基本就是吃火锅、烤肉或是沙拉，压根没见过如此考究的料理，真是太难得了。

我的日常生活中，完全找不到这样的空间。

回到家里洗完澡，我躺在沙发上翻开了人气时尚杂志。妇女解放斗士田中美津的照片占了一整个跨页，上面却写着针灸师的头衔。

“身体很诚实。”

广告词如是说。“妇女解放运动”这样的字眼丝毫未见。

我在出乎意料的地方遇见了学生运动。运动和人如今都换了一种方式继续存在。上野这样讲述联合赤军事件[1]：

> 包含我在内，对全共斗世代的每一个人来说，那都是不堪回首的过去，是恨不得抹去的历史污点。（同上）

我和她是不同世代的人，无法知道青春期经历过那个事件的当事人心中真正的感想。但是大冢英志这样评价上野：

> 永田洋子在手记中屡次提起由男性支配的价值观，

1　联合赤军事件：联合赤军是一个在 1971 年 7 月至 1972 年 3 月活跃于日本的激进组织。在活动期间，该组织制造了一系列暴力事件，主要有山岳基地事件（私刑杀害同胞）、浅间山庄事件（绑架人质）等。

但她自己无法用语言完美概括那种生理上的排斥感。到了二十世纪八十年代，它才被上野千鹤子定义为女性主义。(《永田洋子与消费文化》)

“污点”也改变了它的形态，与女性主义相连。

“怪胎”诞生于二十世纪七十年代初期，如今已过去了将近三十年，人类历史马上就要进入新的千年了。

学生运动与女性主义“虽然不同，但暗中相连”，这个发现让我感到震惊，并且在意识到二者的不同时，情不自禁地开始思考三十年来的变迁。在那段历史中，存在着让它们“虽然不同，但暗中相连”，并一直存续下去的东西。

田中美津一直在发声。

“对男人摇尾乞怜的女人”与“不谄媚的女人”之间只隔着一层窗户纸。(上野千鹤子，《联合赤军与女性主义》)

派对必然有邂逅。我在那里邂逅了女性主义的变迁。第二天推开东大教学楼的铁门时，我顿时想：“就是它啊，就是这东西啊。”

新左翼究竟跟谁敌对来着？

双方的对立如此激烈，以至于需要安上铁门吗？

我跟学生们一起在安田讲堂前的广场上席地而坐，享受短暂的午休时间。吃的是便利店买来并加热好的千层面和烩饭，喝的是功能性饮料。

三十年前，学生们都在这里吃什么，喝什么，与谁战斗？

我沐浴在阳光中，抬头凝视灰扑扑的安田讲堂，试着倾听当时那些年轻人怒涛般的呼喊。

引用文献：

上野千鶴子，「連合赤軍とフェミニズム」，『諸君！』1995年2月号，文藝春秋

大塚英志，「永田洋子と消費文化」，『諸君！』1994年6月号，文藝春秋

摧毁结构的技术

有时候，我看着电视会感到悲哀。那就是自称女权主义者的人被妖魔化的时候。

那天也是。节目刚开始就流露出了那种气氛。那天最初的话题是最近出现的女性向男性买春的社会现象。在众多男性的虎视眈眈之下，一名女性讲述道："女人买男人是为了治愈心理阴影（内心创伤）。"

那一刻，斩妖除魔的大戏开场了。

"女性主义就爱把那个方程式套到所有事情上面。"

"女性主义做的都是小家子买卖。"

一旦变成这种情况，无论说什么都白搭。毕竟对方从一开始就毫不掩饰嫌恶，不愿听你说话。没有倾听的态度，诉说还有意义吗？面对这种人还要坚持发言，我不禁为她的果敢痛心不已。

别人早已把你妖魔化，你还要不断发声，这是何等悲哀。

我很讨厌这样的关系。我本来希望女性主义理论能够帮助我们跳出这个结构，然而这一结构却丝毫没有改变。不顺从的女人就是妖魔鬼怪。而且不出所料，其他女人组成了可爱女人同盟。我无法责怪她们,因为这是生存的智慧使然。

妖怪受到了男性和女性的双重排斥。妖怪是孤独的。

我自己参加节目讨论时，也曾遇到过一对十，连女性都与我为敌的情况。

那种时候，在场的女性都会齐刷刷地摆出楚楚可怜的表情，抱团孤立我。

“卑鄙！”我心中暗骂，但只能硬着头皮死扛。

“你这种女的真该死！”有人对我说出这句话，节目进入了广告时间。

学生给我发来了电邮。“遥女士也会在电视上遇到那种事吗？那些男性说的话中，逻辑矛盾随处可见，可是没有人指出来。为什么？”

学生发来的长篇分析讲得很清楚。她还说清了我自己感到奇怪的地方。

为什么没有人指出他们的逻辑矛盾？因为无法指出。为什么无法指出？因为无法确认究竟是什么矛盾，无法用语言表达出来。最后只剩下难以言喻的愤懑。

这让我明白了一件事。理论与技术不一样。

即使掌握了专业的女性主义理论知识，也不一定能跳脱出这种女性不被当人看的结构。为此我首先需要的是相应的技术。或者可以说，需要摧毁这种结构的技术。

电视节目暴露出来的就是缺乏技术的理论是多么无力。

研究会进入后期，使用了乔瓦娜·弗兰卡·达拉·科斯塔（Giovanna Franca Dalla Costa）的文献，主题是家庭主妇与卖淫。达拉·科斯塔是将家庭主妇与卖淫等同视之这一范式的创造者。

卖淫是什么职业？妓女是什么身份？自由的性商品为何会被赋予破格的定价？她整理了许许多多与性相关的“为什么”。

当时，给我发电邮的学生提问了。

“上野教授如何分析女人买男人的逆转现象？”

此时此刻，我无比庆幸自己参加了这场研究会。感到不甘心、感到挫败的时候，我总会试图用上野的视角来看待眼前的问题。如果是上野，她会怎么做？如果是上野，她会说什么？在这里，我可以直接向上野提问。

“女人买男人？是指小辣妹买油腻中年大叔吗？不是吧？她们买的还不是比自己小的美男子？那这根本就不是什么崭新的逆转现象，不过是现代社会本来的性价值的副产品而已。”

换言之,就是没有讨论的意义。这就是摧毁结构的技术。在讨论开始之前，用一句话就结束讨论。

“不值一提。”真乃神技也。

缺乏技术的理论是无力的，那么为何需要逻辑？我总觉得，在现实生活中，再多的逻辑都不如直截了当的技术更有用。

上野如是说：

> 所谓直觉，就是未被分离的逻辑。直觉到逻辑的距离看似很长，实际二者之间却是连续的。然而，处在只有直觉的层面，无法说服自己之外的任何人。(《记忆的政治学》)

一通横冲直撞过后，进入陈述理由的说服阶段，逻辑就派上用场了。可是，如果不先闹起来，光学会怎么陈述理由也没用。反过来，人只要掌握了陈述理由的技巧，就能凭借它大杀四方。

语言的格斗以听者的支持决定胜负，那么说服力就必不可少。

> 学问是将逻辑从直觉中分离出来的后续工作。(同上)

既然如此，直觉越丰富，就越需要学问。

大众媒体是直觉的宝库。它在传播娱乐的同时，也在散播令人不快的东西。上野也很重视大众媒体。

> 大众媒体的言论日渐成为“现实”的重要组成部分，

因此不得不说，作为言论生产者的社会学家肩上的责任越来越重了。（同上）

来到这里，我感受到的不适就与社会学产生了不可分割的关系。没有学问，就无法消解内心的不适。不带着学问吵架，就无法得到认同。

我试着问：“上野老师，如果我在演艺界出名了，你会高兴吗？”

“那当然呀。因为女性主义一直以来都被大众媒体排斥在外。”

平平淡淡的对话体现了社会学家上野教授愿意接纳我的原因之一。我需要学习的东西还有很多很多。

引用文献：

上野千鶴子，「記憶の政治学」，『インパクション』103 号，1997 年 6 月号，インパクト出版会

上野千鶴子，「〈わたし〉のメタ社会学」，岩波講座・現代社会学 1『現代社会の社会学』，岩波書店，1997 年

学者为何如此皮实？

我很喜欢性别问题座谈会。在这里，每周都会举办作者出席的研讨会。能亲眼见到作者是非常难得的机会，为了充分利用这个机会，每次参加前，我都会研读那个作者的著作。

这次出席的嘉宾是《道德派女性主义宣言》的作者永田绘里子。走进教室，我首先被参加人数吓了一跳。仔细打听，原来出版社的工作人员也来了。为什么？我很快就会得到答案。此时，负责主持的上野教授站起来发言了。

“对女权主义者来说，道德可以说是一个肮脏的词。请问您为何在书名中选用这个词？”

我也好想像她那样主持啊。教室里所有人都屏住了呼吸。当然，我对这个问题也很好奇。

除了道德，还有传统、本能、文化。这些话语装置剥夺了多少女性的自由，甚至让她们不再渴望自由，最终失去斗志。在书名里使用以上任何一个词语，都注定会惹怒女权主义者。我仔细观察着作者的表情，她好像在思索究竟从何说起。

我能理解她为何没有马上作答，因为这里可是“东大”。东大的人可能觉得没什么，因为他们都是东大人。但是对外面的人来说，就不是这么回事了。

“一旦说错话就会被干掉。”虽然不知道会怎么被干掉，但我明显感觉到她的紧张和慎重。

站在作者的角度，其实一切都来得很突然。有一天，电话突然响起，有人对你说：你的书要被拿来讨论了，到东大来一趟吧。换一种说法，就是让你充当东大生的猎物。就算对作品再怎么自信的作者，也会慎之又慎。

就在那时，出版社的女性插嘴了：“我可以替老师回答这个问题吗？”

这下我懂了。她们原来是作者的掩护军团。准备得如此周到，可见作者一点都没有小瞧这场活动。

“我早就猜到会有这个问题。正因为能猜到，我们才故意用了道德这个词。”

哇，好强势，敌人实力不凡啊。多么不可思议啊，掩护的战略竟催生了“敌我”关系。

“故意用这个词，就是为了发起挑战。”

帅呆了！一上来就是枪战。不过，研究会的学生也不是吃干饭的。

“读了这本书，我气愤得无以复加。”

喂！同学，能温柔点吗？你们可是第一次见面啊！

然而，作者也不是软柿子。她施展了娴熟的技巧，时而灵活地回应，时而巧妙地规避那些挑战性的质疑。我也提了个问题。

“请问，为什么再生产的责任只被归结到经济上，而且还使用了为缺乏经济实力的男性辩护的表达呢？”

作者在书中批判了将育儿等责任，也就是“再生产的责任”，归结到“女性个人之上”的社会，并提出“男性放弃的责任”可以通过经济上“男性共同承担的系统”进行补偿。所以她认为问题在于“未成年人和贫困男性”。于是我想，且不论未成年人和贫困，成为母亲的明明是女性啊，怎么可以这样？此时，上野教授插话了。

“我也有同感。换言之，这个讨论不现实。”

喂喂！我可没这么毒舌啊！

研究会就是这个样子。最让我佩服的是，研究者都很皮实。

平时的研究会，学生只要被教授批判一句，就会低着头说“对不起”。

这下我总算明白，教授为什么会很无奈地说“你道歉干什么……”。根据我的观察，这位作者是真的皮实。她研究了这么多年，做出了这些成果，怎么会因为两三个人的批判就服软？正是这种强悍的精神力支撑了这场看起来无比残酷的讨论。这也难怪，因为上野早已看透知识范式（理论框架）的强韧：

> 范式是构成当事者经验的世界观的根基，无法通过“劝说”和“驳斥”使其改变。（《“我”的元社会学》）

即使交战，也不会改变。关键在于专家集团支持哪一种言论。

我不明白同是女权主义者，为何要彼此交战。我只是怀有非常单纯的想法，认为既然都在向社会提出异议，那不就是同伴吗？可是现在看来，作为女权主义者，并非大家都是朋友。

上野在社会学研究中说：“买春不好。没错，买春是不好。强奸是恶行。没错，强奸是恶行。”接着，她又说这些“百分之百的正义”“说几万次都一样”，“无聊得很”。（《发情装置》）

“为什么？”

只要不能给出具有说服力的答案，就会遭到无止境的批判。如果换成我，肯定受不了。

好不容易出版了一本书，却被人毫不客气地批评“这个标题好讨厌”“看了好生气”“不现实”，我真的能忍住不哭吗？

我只能在这个层面思考问题，实在是很没出息。同时我也由衷地感慨学者真是个需要勇气的职业。谁会自发地跑过来接受学生的批判啊？换作是我，除非给我开夸奖大会，否则绝对不去。而且就算是夸奖大会，要我自发地、不计报酬地参加，我恐怕也不会去。

我连批判的勇气都没有，也缺乏自信。我只能坐在座位上，目不转睛地看着他们唇枪舌战。同时，我也万分庆幸自己能近距离观察学者之间的对决。

引用文献：

永田えり子,『道徳派フェミニスト宣言』，勁草書房，1997 年

上野千鶴子,「〈わたし〉のメタ社会学」，岩波講座・現代社会学 1『現代社会の社会学』，岩波書店，1997 年

上野千鶴子,『発情装置』，筑摩書房，1998 年

电视上不能说的话背后有什么？

“各位知道从军慰安妇吗？”韩国来的留学生提了这个问题。

大家都没有立刻回应，而是慎重地考虑着如何措辞。

“你们都回答她啊。”上野教授瞪着学生，教室的气氛始终很紧张。

那一年研究会的主题是“民族主义与社会性别”，我们探讨了国家是什么，战争是什么，性奴为何注定会出现，从中可以看出什么，可谓渐入佳境。

一年下来，我有什么收获？

原来，历史并不是已经结束的过去。战争并非突然爆发，而是诞生于我们的日常生活中。一切历史的悲剧，其萌芽都潜伏在日常之中。同样，慰安妇也源自日常。

我们现在的生活就是日常。也就是说，贤妻良母、对职场女性的性骚扰、从军慰安妇，这些问题其实都彼此关联，都是我们将来可能面临的情况。

教室里分发的议题资料中，满是关于慰安妇的研讨会、电影等的信息。

电视新闻仅仅把其中一个很小的侧面作为现象予以报道，甚至没有评论员为公众解说其含义。我在工作场所问一个二十多岁的女性："你知道从军慰安妇吗？"

"哈？这是什么玩意儿？你说的是哪国话？"

看来她连新闻都没有关注，从来没听说过这个词。

日本如此狭小之地，人群却如此多样！真是令人感慨万千。

同样是二十几岁的年轻人，其中一些在跟韩国留学生探讨这件事，另一些则从未听过这个词。

我曾试图在电视上提及慰安妇的话题，却被叫停了。电视上从来不提这个词，难怪看电视的年轻人不知道。

仔细想想，其实有很多话是不能在电视上说的。确切地说，是默认艺人在参加综艺节目时，最好不要轻易提起的话题。

慰安妇算是其一，另外还有部落问题、种族歧视、天皇制度、性器官的名称等，不一而足。

然后我有了一个重大发现。那些默认不能在工作中提到的全是我在大学里学的东西。越是被藏起来的东西，越是想去了解，这就是人性。

不对，为什么要藏起来呢？我想通过研究这个问题，搞清楚隐藏它们的理由。它们真的如此“危险”，以至于最好提都不要提吗？提了会没命，还是它们只是烫手山芋？

从结论来说，“危险”的并非那些被隐藏的问题，而是隐藏问题的“思想”。问题藏起来就看不见了，看不见就理解不了，理解不了就会产生误解。误解容易招致不必要的恐惧，那种恐惧才是“危险”的思想。一旦被视作“危险”，“那个领域”就成了节目的直接责任。

可是，又不能让节目去死。同样，我站在如今的立场上，人家叫我别说，我就不能说。这是为了活下去。

话虽如此，面对经过筛选的信息，心里不感到奇怪，不去问为什么，不试图去了解，甚至不认为那有什么问题，这种活法，我觉得很可怕。

历史已经向我们证明，无知会导致悲剧重演。只要我还是一名艺人，就摆脱不了帮凶的身份。然而我更在乎自己明天的生计，而不是日本的未来。

一个当红足球运动员在电视上说：“我要为日本加油。”我感觉到了危险，于是找到一个参加过奥运会的朋友，问他为什么努力。

“当然是为了日本啊！不然为了谁！”

“不是，也可以为自己啊……”

“别说傻话了。就是因为想看升国旗、奏国歌才努力的啊。如果努力的结果是我家姓氏变成旗子升起来，那能顶什么用？到时候放什么音乐啊？那要怎么办嘛！怎么热闹起来嘛！”

上野千鹤子在指出“民族国家与个人的趋同被称作民族主义”之后，又发出了警告：

> 我们在民族主义中，将自己与民族同化，创造出了“我们”和“他们”。无论是强者还是弱者的民族主义，等待我们的都是集体同化的陷阱。(《民族主义与社会性别》)

为国争光，为国杀敌，二者是内在联系的。

尽管如此，我还是没能对朋友说：“战争就是这样引发的。”因为我没有批判朋友的青春的权利。

还有这样的例子。来自美国的学生与老大爷一起吃饭。

老大爷突然对学生低头道歉：“那时真是对不起了。”仔细一问，原来他在为日本偷袭珍珠港道歉。看吧，多么完美的同化！

“告诉你真相吧。”一个活过了战争岁月的老年男性对我说。那里是京都某高级饭店的包间，里面聚集了各种绅士淑女。我是年龄最小的。

“从军慰安妇这个事情嘛，男人都有抑制不住的性欲，所以啊，那都是国家为了避免发生强奸而准备的。这就是真相。”

什么“真相”，什么“真理”，他们为何能断定事实只有一个？

他们为何觉得自己能为战争辩护？

他们为何能毫不犹豫地以我一无所知为前提搭话？

他们说到“性欲”这个词时为何要压低声音？

我真的什么都不懂。

上野提出了以下概念，作为看待“慰安妇”问题时的要点。

> 我称之为“现实”的东西并不等同于“事实”。当强奸的加害者与受害者之间存在着如此巨大的认知落差时，怎么能将其称作一个事实？应该说，那里存在着两种截然不同的“现实”，当事者甚至并不共享同一个“事实”。（同上）

“打仗时候的事情有很多种解释……”我推动话题走向终结的方向。当时并不适合发出质疑，因为那里不是教室，而是饭店包间。

然而，我并没有如愿。

“不，我说的就是真相。”

很显然，只要我不认同，不感叹，不对历史的见证者表达敬意，这个场面就无法收拾。连我都明白，这是身为一个年轻女性所能采取的最佳态度。但是我做不到。虽然做不到，也不想跟他讨论。

一旦形成讨论，必定会掀起灼热的风暴。多年以来，我一直有个疑问。为什么一旦开始讨论，也就是女性反驳了男性，他们就会变得如此情绪化？

织田元子在《女性主义批判》中精准分析了男性的心理，揭露了男性为何执着于让自己立于优势地位，为此女性的劣等性是如何不可或缺。

“因为女人的一点反驳就面色苍白、勃然大怒的男人随处可见。”她提出了这个观点，并引用弗吉尼亚·伍尔夫的话进行论证。

> 一旦她开始讲述真相，镜中的男性形象就会萎缩，他的生命力就会衰退。(《一间自己的房间》)

为了避免聚餐因为慰安妇的话题变得火药味十足，我决定讲讲自己的糗事：自从开始积极工作，我如何没怎么认真做过饭，如何不洗碗，如何不打扫卫生，如何不洗衣服。我作为一个女人，有多么差劲。

现场的气氛总算缓和下来，笑容重新回到绅士淑女脸上。我脑中再次闪过织田元子的话语：

> 如果像男人那样努力，就“没有女人味”，因此“劣等”；如果像女人那样温顺，就“不过是个女人”，因此“劣

等”。归根结底，身在这个框架中，无论如何生活，都无法摆脱“女人的劣等性”。(《女性主义批判》)

知识将两难的困境带入了现实。

知识会远离老实顺从的我。

慰安妇问题让我深刻认识到了人的无知和顽固，还有我自身的渺小。

引用文献：

上野千鶴子，『ナショナリズムとジェンダー』，青土社，1998 年

織田元子，『フェミニズム批評』，勁草書房，1987 年

如何克服看不懂的文章？

“请主动填写本学期研究会的主持人和报告人。没人选的文献会被视为不受欢迎并删除。就这么简单，直到所有人写完为止。”

还是熟悉的斯巴达式教育，我忍不住叹息。上野教授总是以挑衅的态度激发学生的意欲。

“做不做？到底做不做？”

研究会刚开始，学生们就要被这种近乎胁迫的发言吓得大气都不敢出。

最初那段时间，光是做主持都让我犯胃痛。有一次坐在研究室里，教授问我“要不要做报告？”。面对这个出乎意料的提问，我表示由于经常接到很突然的工作，不方便安排时间做报告。教授的回答是：“看来你想过了啊。”

我来翻译一遍吧。

“你在学问上是否积极都是你的自由。那我问你，你不做报告，到底来这儿干什么？我可没求你。就算你不积极，我也没有理由责备你。”

我就是这样理解的。那我也想问，就算我上去做报告，有人想听吗？

我一直觉得自己像斑嘴鸭家里吊车尾的小鸭子，每次好不容易才跟上大家，父母却布置了更困难的任务。做报告？这不等于让吊车尾的小鸭子跳下一米高的悬崖吗？

“这份文献还没有人填写报告人。怎么办，要删除吗？”

教授用话语逼问每一名学生。

不就一米高的悬崖嘛。我下定决心，在黑板的报告人空栏里写上了“遥”。写名字时，我还在不断问自己：真的能行吗？

从那天起，我就像得了抑郁症。

做报告就是对文献的批判。过了这么久，我还是无法将“学问就是求教”转换成“学问需要批判”。为此，我必须不断责骂一不小心就觉得“原来是这样”的自己，提醒自己保持“真的吗？真的能这样说吗？”的态度。可以说，压力真是太大了。

然后，我读完了。读了无数遍。我大吃一惊。因为我没有任何疑问……

我找到在做报告时经常让大家叹为观止的学生求教。

“你读文献的时候，会不会产生‘说得真对’‘说得好有道理’的感觉？”

“有时候会啊。”

“那该怎么办？”

“那就不要批判，而是拓展。对论点进行拓展，也许会有所发现。”

“真的会有发现吗？”

“会的。”

这里的学生真是的，学的时候全身心地学，玩的时候敞开了玩。再看我自己，在居酒屋聚餐，就算没有一个人主动问，我也会不自觉地交代：“下次轮到我做报告了。”

总之不管做什么，心里都惦记着那个。还有一件事我很不放心，那就是出席率。万一谁也不来听，那可怎么办？

“你的报告没有价值。”万一要面对那静默的宣言，我该对谁做报告呀？

“来吧，求求你来吧。”“下次轮到我做报告了。”这两句话已经成了我的标配。我就像站在路边宣传新店开业的店员，不断抓着学生说：“一定要来哦。”

艺人的活动与大阪高级俱乐部密集的新地[1]密不可分。艺人玩得很开，我也是其中一员，得以蹭到这些活动。另外，就像有的金主喜欢被艺伎或舞伎挽着压马路，也有人喜欢领着像我这样的艺人到处走。

那一次，我们匆匆赶往新地，一半是为了工作。俱乐

---

1 新地：位于日本大阪的红灯区。

部的妈妈桑都很识相，在我们离开时悄悄塞了点礼物。辛苦啦，下次再来哦。

有时候我不要人带，自己跑去新地花天酒地。那样也很痛快！

人就是这样混成新地达人的啊，我心里想着，默默学习男公关们努力营业的表现。得到了新地熏陶的我，说“要来哦”已经跟“你好”一样自然。

接下来就是最关键的学习。我试着写报告文章，又一次震惊了。原来写文章只能写自己懂的东西。

这话听起来理所当然，但此刻我才真正理解了它。因为平时读的都是看不懂的报告，我以为只要动手写，它自然就会变得看不懂。然而，读和写是不一样的。最后写出来的报告一点都不像论文，倒有点像作文。

然后，那一天终于到了。

陆陆续续来了不少学生。光是这样，我就感激不尽了。连那些平时睡到大下午，上课时来时不来的博士生都一大早不动声色地坐进了教室。他们一边听报告一边不动声色吃早餐的模样让我感动得眼泪都快流出来了。

不仅如此，他们还不动声色地给我那份没能提出问题的报告发表了应展开问题的意见。我没有感觉到批判，反而感觉到了支持。

我果然是吊车尾的小鸭子啊。

论文很难。无论别人说什么，我都可以断言，论文很难。

世上有就算看十遍也看不懂的论文，但是也有一些通俗易懂的论文。这是事实。

这究竟是怎么回事？想到这里，还是上野的话激励了我：

> 社会科学的文体不能“难懂”。(《“我”的元社会学》)

从她的话可以看出，并非我一个人觉得论文很难。上野这样定位“难懂”的问题：

> 如果文章“难懂”，那么要么是没写好，要么是写文章的人没有完全消化信息，写得不到位。写出“难懂”的社会科学的文章，一点都不光荣。(同上)

多么简单明了啊。

我带着自信发表了自己写的论文。不，作文。然而，我选择的论文标题是《战后女子劳动史论：女子劳动论的重构》。

距离那个撕心裂肺哀号“连一个平假名都没有！”的日子，已经过去快一年了。我每天都沉浸在没有进步的焦躁之中，但是现在看来，至少我已经摆脱了对没有平假名的文章的恐惧。

有时候，做学问需要一咬牙、一狠心的勇气。

引用文献：

上野千鶴子，「〈わたし〉のメタ社会学」，岩波講座・現代社会学 1『現代社会の社会学』，岩波書店，1997 年

何为“厚颜无耻”的理论？

有一场研究会我很想参加，但因为有工作去不了。

那天讲的文献是《民族主义与社会性别》，是上野千鹤子本人的著作并由她亲自主讲。

我们用一年时间阅读参考文献、讨论研究的主题，在一年后通过教授的双手变成了书籍。这是何等完整的课程。为了那一年的“收支决算”，我无论如何都想参加那场研究会。

“那个，我可以录音吗？”

教授身材娇小，我又穿着当时流行的松糕鞋，站在一起的身高差就更明显了。教授自然而然地需要抬头看我。于是她面不改色地抬起了头。

“只要你保证不对外公开，就可以录音。”

我顿时松了口气，同时也感到不可思议。教授为何不说更简单的日语，比如：“好呀，但你要答应别放给别人听。”我都已经上了一年课，还是会有这种感慨。接着，我慌忙找到学生朋友，请她帮忙。

“可以啊。”

“你想要什么谢礼？”

“嗯……袜子。”

真的好实惠。我在工作上经常会拿到购物券、花束这些价格高昂的礼物，至今仍不习惯这边的金钱观念。

有一次，我问一个学生一个月要多少钱能活下来，包含房租。学生回答：“四万日元。”

我吓了一跳，学生们倒是笑得很开心。

这里的学生都能在没有冷暖气的屋子里合租生活。有不少学生一度找到了工作，最后却辞职回到合租屋选择走学术道路，还有不少拿奖学金的学生。

我是一个充满物欲、对 *an · an* 杂志上的房子垂涎欲滴的人，因此无法理解这些学生。无论怎么研究“学问”，我的物欲都没有减弱的征兆。

录音简直太精彩了。那是当然，毕竟是针对这个主题做了一整年研究的学生对阵这一主题的专家大牛。她们不再是学生和教授，而是专家和接受批判的学者。

围绕“从军慰安妇”的问题，讲述“被害者”是什么的教授遭到了质疑。

听到这个提问，我怀疑耳朵是不是出了毛病。

“您为何能如此断言？”磁带里传出的批判的声音来自被我起了“女王”绰号的学生。

充满异域气息的长相，火辣的身材，总是大摇大摆地迟到，慢悠悠地落座。修得整齐漂亮的浓眉高高翘起，轻微的三白眼总是泛着自信的光芒。“女王”不发言的时候，也给人一种“我暂时放你一马”的威压,令人无比焦躁。要是“女王”发言了，几乎没有学生能说得过她。“女王”的霸气还表现在吃饭上。那豪爽的吃相让我不禁联想到“雌狮”。

也就是说,无论何时何地,“女王”就是“女王”。“女王”现在对教授开口了。

“您为何能如此断言？”

这是个很厉害的问题，直接质疑了研究者的自我认知。教授给出了回答。

“我为何不能断言？”

火力全开的对话一开始，录音里的杂音就消失了。教授继续出招。

“什么人，用什么理由，能够禁止我说话？”

女王并不服输。

“如果你说了，别人表示你没资格教育他呢？”

“我并非在教育，只是在表达观点。”

“如果那个人说不接受你的观点呢？”

“我说话，别人有权利不听。但是谁也没有权利禁止我说话。”

这里是永平寺吗？禅文一般的对话压得我大气都不敢出。

自己培养的学生向自己发起了挑战，教授不知是什么心情。

上野在《“我”的元社会学》中写道：

> 我的“社会科学”观，包括其界限，都是二十世纪九十年代当下的认识论视域的产物。(中略)这个立场将来注定要被淘汰。

有多少文献就有多少研究者。从过去到现在，学术的历史就是不断地“淘汰”。一切新发现到了下一个时代就会惨遭淘汰。从一开始我就被教导了，学问不是“万人眼中的真理”(同上)。

上野教授在课上经常说：“我做教育，就是要培养超越我的研究者。”

一直以来，我都在学习上野千鹤子的战斗方法。旁观教授的战斗就是在实践中学习。

我发现了“厚颜无耻的理论”。

“你为何能如此断言？”

“我为何不能断言？”

这可谓经典范例。

遭到攻击时，先“厚颜无耻”地耍赖一番，然后构筑理论。

上野的《战后责任与公众记忆》中就有一个很好的例子。

一次，我与某企业高管会面，那位高管说:“(中略)我还是觉得,女生面对工作时不敢迎难而上。”我心里想:“你说得没错,可那又如何？”为什么要为那一丁点工资，为一个从不感谢自己贡献的企业出卖百分之百，甚至百分之一百二十的人生？这样做有什么好处？（中略）考虑到自己的个人生活、家庭生活的平衡，从一开始就知难而退。这才是正常人的思维。

我发现了，理论不能单靠理论还击，还需要讲究技术。其中一门技术就是“厚颜无耻”。

针对“女人就是……”这样的攻击,如果用“可是”“因为”来回答，只会变成肯定对方，而且缺乏新意。真正需要的是“厚颜无耻”的勇气，还有说服力。

演播室里坐满了关西圈出了名的男尊女卑派艺人。

男性开口道:“女人啊，就是要求太多了！”

我暗想机会来了，立刻切换成上野千鹤子模式，实践那个战术。

“要求多有什么不好！”

然后，我惊讶了。男人们竟然闭嘴了……好棒！但是我没工夫高兴，得趁现在亮出理论，否则就要被攻击，比如被叫作“拜金剩女”之类。

接着，我就蒙了。积累了一年的理论知识，我该从何说起？父权制？马克思主义女权？社会性别论？

“呃——”

嘴巴还没张开，就切广告了。

我从未如此感谢过平时就爱打断讨论、让人恨得牙痒痒的广告时间。因为电视节目的性质特殊，就算没时间讲理论，有时也能辩赢。

上野如是说：

> 我不怕公开宣言：女性主义的“主要敌人”就是男性。(《父权制与资本主义》)

上野在用这种强势的表达明确了敌人之后，又说了这样的话：

> 解放思想需要解放的理论。(同上)

没错，理论。女性主义理论中不能缺少父权制的概念。在这个领域里，上野的战术也大放异彩。她的不同之处究竟在哪里？让我们先看看其他著作中的父权制概念吧。

> 牺牲女性并赋予男性特权的普遍性的政治结构。(《女性主义事典》，明石书店，1991)
>
> 由男性大家长统率并支配家族成员的家族形态。

（《社会学事典》，弘文堂，1988）

除此之外还有多种说法。而上野这样定义父权制：父权制就是"女人教育自己怀胎十月孕育的生命侮蔑自己的制度"。（《父权制与资本主义》）

何等简单直白，何等激进。激进的言论和强势的表达之下仍有着庞大的理论支撑。每次被上野的表达镇住，我都忍不住畅想她掌控的庞大的理论之海。

引用文献：

上野千鶴子，「〈わたし〉のメタ社会学」，岩波講座・現代社会学 1『現代社会の社会学』，岩波書店，1997 年

上野千鶴子，「戦後責任とパブリック・メモリー」，日高六郎、高畠通敏編『21 世紀 私たちの選択』，日本評論社，1996 年

上野千鶴子，『家父長制と資本制』，岩波書店，1990 年

“结婚”与女性主义的超现实关系

“你为什么不结婚？”

每认识一个人，对方必定会提出这个问题。

这个问题可没有简单到能在说完“你好”之后三言两语解释清楚。硬要概括的话，那就是“不想结婚”。可是任何人都无法被这个理由说服。“为什么？”他们只会一脸困惑。然而，女权主义者并不全是我这种“反婚派”。

“大家都不打算结婚吧？”我试着用别人问我的语气提出这个问题。参加研究会的学生们塞了满口蛋糕回答：“结啊。”那无所谓的语气惊得我差点抓不住叉子。

在研究会上，我们通过质疑恋爱、婚姻、家人、家庭、爱等一切文化装置，揭露了社会性别与民族主义的关系。其中被内化最彻底、使用最多的概念就是“婚姻”。从发展至今的婚姻产业的繁荣盛况就能看出，这是一种多么根深蒂固的概念。

谁在婚姻中获益？婚姻与幸福感为何被代代传承却没有遭受质疑？女性为何不主动逃离这个体系？这种现象的背景是什么？若婚姻的内涵被揭露，谁最头痛？通过这些问题，我们有机会思索人类的单纯、软弱、狡猾和怠惰。

她们可以说是这方面的专家。

“为什么？”我用同样困惑的表情问出了跟别人同样的问题。

“想试试看。”

“为了研究？”

“不是。就是想试试看，想收集各种可爱的餐具。”

听到那个回答，我深吸一口气。

可以理解。博士生也才三十岁左右，尚对男女同居生活抱有甜美的幻想。她们吃的蛋糕旁摆着“与恋人同居的好物”杂志特辑。明知道是幻想，还是想尝试一下。

她们深谙杂志的导向性和政治性，但也从中学习时尚知识。从这个角度看，她们都是普通的女孩子。然而，她们是“明知故犯”，这跟我二十几岁时截然不同。我一无所知地经历了那些，并在恍然大悟后备受打击，狼狈而愤怒。

“一个人可好了。一个人可以随便设定空调温度，随便看自己喜欢的节目，想看书就看书，爱几点回家就几点回家，甚至不回家也没问题。一个人可以在房间瘫着。要是跟男人在一起，以上每一件事都要大吵一架，要么只能全部放弃哦。”

后来，我的这段发言被当时在场的学生写成了文章，令我大吃一惊。文章标题叫《男女关系与空调温度》。我有点感动。由此可见，对这些学生来说，想象与真实生活是多么不同。

她们的反应都是："啊？这样的吗？"我连忙肯定："对，就是这样。"空调问题可以延伸到家务问题、育儿问题、看护问题。争吵的背后隐藏着权利斗争，放弃的背后则是支配。

田岛正树在《女性主义政治的批判》（收录于江原由美子编的《性、暴力、国家》）中，用一句话总结了这些问题："在日常生活的方方面面展开游击战。"

这么说来，刚离婚的女人表情确实有点像出征归来的士兵。我忍不住带着与总是问我"为什么不结婚"的那些人同样的疑惑，盯着学生们问："为什么要结婚？"

知与不知都要走同样的道路，难道知识真的对人生毫无帮助？她们真的能一边揭露父权制的罪恶，一边宣称"我要嫁到某某家"吗？就算她们选用了崭新的婚姻形态，拒绝神佛、拒绝某某家、拒绝改姓、拒绝白无垢[1]，但是回头看看那些未能逃脱父权制牢笼的女权主义者，就知道她们并不一定能规避"婚姻"这一甜美概念背后的巨大风险。

上野在《发情装置》中写道：

1　白无垢：日本传统婚礼的新娘服饰，源自室町时代的武家婚礼装束，其白色寓意"神圣"，以及"融入夫家的家风"。

二人独享的“爱情王国”轻易就能变成“针锋相对的孤独”和“没有出口的地狱”。

她解释了“比翼鸟幻想”的危险性：

“成双成对”不一定是“好事”，那么究竟是什么规定人必须有“配偶”？比翼鸟幻想迫使女性（有时包括男性）相信“一个人是不完整的。没有他者介入的你等同于无”。

上野认为，比翼鸟幻想让女性“以爱的名义放弃自我的主体性”,令其“不顾一切地从父亲的支配奔向丈夫的支配”。

——爸爸,我要抛下一切追随那个人。我不要名声，也不要财富，甚至还要放弃自己喜欢的音乐。现在，我的梦想就是与他一同逐梦。

面对这种昭然若揭的“父权制阴谋”，姑娘们为何竟会有心动的时刻?

可是，上野亲自教育的学生竟梦想着结婚。

我感到难以释怀，但同时又好像可以理解女生们想尝试婚姻的滋味。

“请你说自己想结婚。”节目组提这样的要求并不罕见。那些节目的观众绝大多数都是家庭主妇。

“啊？可我不想结婚啊。”

“那不行，那样对你也不好。请不要说会得罪家庭主妇的话。”

“……”

这种不妥协就去死的选择总让我苦恼不已。理想和现实总是无法同调。

这种现象并不仅限于我。不少年长的女性艺人虽然整天喊着“我想结婚！”，但是浑身散发着绝对不会结婚的气场。而且，这种人并不仅限于艺人。

织田元子在《女性主义批判》中提到了女性作家：

> 即使在虚构作品中，女性作家也不一定会暴露真心。（中略）她们有一个绝不能打破的禁忌，那就是批判男性。一旦批判男性，可以认为她们的作家生命就此结束了。

每次高喊“我想结婚！”都会让自我进一步分裂，可是织田元子的洞见给了我一线光明。“尽管如此，她们还是没有停笔。最关键的就是这个事实。”

没错。既然如此，我也继续工作吧。高喊着“我想结婚”，但独身一人继续工作吧。

每个人都活在思想与言行不一致的现实之中。上野也已经指出了这个现象：

> 即使理解了社会性别是社会的结构性产物，也不代表就能够轻易从中逃脱。(《差异的政治学》)

“认知”带来的自我矛盾制造了“疑问”。

探求答案的日子会给我们带来什么？

我和学生之间虽然存在婚姻观念的不同，但同样经历着“认知”带来的自我矛盾，以及难以抑制的“疑问”。

引用文献：

上野千鶴子，『発情装置』，筑摩書房，1998 年

上野千鶴子，「差異の政治学」，岩波講座・現代社会学 11『ジェンダーの社会学』，岩波書店，1995 年

織田元子，『フェミニズム批評』，勁草書房，1987 年

田島正樹，「フェミニズム政治のメタクリティーク」，江原由美子編『性、暴力、ネーション』，勁草書房，1998 年

第二部

温和女教授的“劳动家畜论”

第二年的研究主题是“无偿劳动理论”。这个理论回答了“女人为什么要做饭？”。我心想：等的就是这个！

综艺谈话节目的基础大多是这种扎根于日常的细小疑问。这十年来，探讨男女的主题基本上没有变化。那些看似轻松愉快的谈话节目，根基处其实潜伏着严肃的社会问题。

在第一年的“民族主义与社会性别”议题中，我们重新审视了民族国家的本质。现在，我们就要重新审视我们自己了。

“我”是什么？通过对国家、文化、战争和两性的质疑，我们将重新构筑这个认知。

在信息的真空地带不会产生原创。（上野千鹤子，《“我”的元社会学》）

有多少次，我初次邂逅了从未察觉过的自我，对她道出“你好”。

当一个人不知如何应付头痛的自觉症状，陷入迷茫之时，知识会指出：“你看，这里是不是有点僵硬？”头脑一点点恢复弹性之后，就会展示出你从未见过的东西，里面也包括自己的身影。这就是我在“民族主义与社会性别”中学到的东西。

这次，换成了“无偿劳动理论”。我究竟能学到什么呢？为了学到那些知识，我要翻越多么险峻的大山呢？

第一天，第一份文献是马克思的《资本论》。

“这里有人读过马克思吗？”上野教授看着座位坐不下、周围还站了一圈的学生们。

空气没有一丝流动，意味着没有一个人举手。几乎所有人都陷入了困惑。我拿着那份厚重的文献，心中爆笑如雷。人在极度混乱的时候，原来会发出爆笑。

马克思的《资本论》啊！经济学啊！

回想第一年，那些写满了汉字，让我苦恼不已的艰深文献。接下来竟然要读经济学吗？

为什么学社会学要读经济？一百多年前的理论跟“为什么是我做饭”要怎么联系起来？上野写道：

> 马克思的经济学也从“经济学批判”出发。论及经济时，要质疑它的倒错，最终必然走到经济学批判这一

步。(《父权制与资本主义》)

这一年来，我并没有完全适应“批判”的视角。这跟批判某个研究者某篇论文某个章节的第三行可不一样。经济学，这次的对手可是经济学啊！我不禁担心，这对手未免太强大了。但是，上野的话很快打消了我的忧虑。

> 女性主义挑战的目标是生产力主导的“经济”概念，以及毫不质疑这一点的“经济学”。(同上)

也就是说，下一个研究对象必须是经济。而且经济学还是一种严重缺乏自省、必须从外部展开批判的东西。

> 一切皆源自经济学家固步自封的科学主义、操作主义，以及知性的怠慢。(同上)

来啊来啊，火力全开！“那家伙是坏蛋，我们一起上！”上野搞的项目在我眼中就是这个意思。如果说我没有脚软，那是假的。

这时，有一个女性站起来振臂高呼了。那是大泽真理教授，同属东京大学的经济学专家。

怎么回事？没等我反应过来，从那天起，大泽教授就成了上野研究会的常客。在社会学的研究中，出现了性别研究的大家和经济学的专家。

光是看到马克思就足以让人惊呆，现在小小的教室里同时站了两位教授。换作胆子小的人，恐怕会掉头就跑，但是对求知若渴的人来说，这里可谓是天堂。

大泽教授看起来是与上野教授完全相反的类型。谈到学术问题时，上野教授就像一把利刃。与之相比，大泽教授则给人一种如沐春风的感觉。她的表情、动作、声音都那么温文尔雅，让人很难联想到她振臂高呼的形象。

有一次，我问大泽教授："您平时在家看什么电视节目？"

"我不看。"

"那听音乐吗？"

"不听。"

"那您在家干什么啊？！"

"看书，或者进厨房。"

"周围一点声音都没有？"

"对啊。"

静悄悄吃饭，静悄悄学习。何等令人感动的学者式简约生活！这么爱学习的人果然会变成学者啊。

我发现，自己来到这里搞多线程任务后，掌握了意外的技能。

在家，我可以一边听广播里的棒球比赛，一边看电视，一边吃东西，一边码字，一边读引用文献，一边用脚逗狗。这简直是神技！

时间就是不够用。工作上我要经常与人交往，除了平时学习，还要在空闲时间涂指甲油、卷睫毛、染头发。只有素人才能在美容院舒舒服服躺着。

不只是我，还有很多艺人同行都自己动手。为什么？因为要做的事情太多，时间不够用。带孩子的艺人还要在电视台的化妆间一边喂孩子，一边化妆，一边看台本，一边涂脚指甲，一边确认采访费用，这些都要在三十分钟内完成。其间，还得不停说话！

我没有小孩，但是要空出时间学习，所以跟她们差不多。跟这种手忙脚乱、吵吵闹闹的独身生活相比，专业学者的生活就像苦行僧一样寂寞。

“那教授认识什么艺人吗？”

“只有你了吧。”她笑眯眯地回答。

“您什么时候开始对经济学感兴趣的呀？”

“小时候。”

大泽教授，一个注定成为经济学家的人。我们的研究会上要用到她的文献。

读完文献，我就对大泽有了一百八十度的改观。首先映入眼帘的词竟是“劳动家畜”！

> 现代日本的妻子们生活在宪法所倡导的两性平等的国度，通过自由恋爱缔结婚姻关系，都不愿意承认自己是“劳动家畜”。然而，在如此平等的夫妻关系中，妻

> 子还是承担了包含育儿、看护在内的百分之九十以上的家务劳动，并长年打零工帮补家计，可自由支配的时间和睡眠时间比看似“过劳”的丈夫还少。这个由统计学支撑的现实，应该如何解释？（《回答：家务劳动是否属于压榨》）

不难想象，大泽提出的这个疑问背后有庞大的数据作为支持。看来，这一年我要溺毙在数据的汪洋大海里了。原来经济学的理论都附带数据。

大泽在围绕这个问题展开理论时，选择的言辞又让我怦然心动。

“身份”！

> 我能想到的答案只有一个:“妻子”就是这样的“身份”。(同上)

身份这个词让我联想到了让奴隶跟狮子搏斗，观众在周围叫好的古罗马时代。她身在现代，竟有如此大的勇气动用这个词。

大泽指出，在那个身份的背后，隐藏着“丈夫对妻子的劳力压榨”。“劳动”与“压榨”的概念就是马克思资本论的经济学与女性主义结合的关键。在这里，锐利的尖刀与和煦的春风实现了合体。

没错，大泽教授与上野教授并非“迥然不同”。非要说的话，应该是“还有你吗，布鲁图斯？”[1]。

> 当经济学从“οἰκονομία”转变为“economy”，“经济”的概念就把“生活”逐出了“生产”。(《父权制与资本主义》)

上野这样批判经济学。

“οἰκονομία”是“生活”“生养”的语源,也叫“家政学”。经济学的语源，竟然是家政学，中间的变化也太大了。

然而，每天都在操持生活、养育生命的女性，“从劳动的概念来看”，居然成了“二流的低等人”，而“孩子是未成人的半人”“老人是冗余之人”（同上）。最后，像我这种将经济等同于金钱的人类就诞生了。

经济学包含的问题似乎很大。

我说:“爱是意识形态。”

别人就会问:“你有神经衰弱吗？”

由此可见，用意识形态的概念很难在短时间内说服对方。

语言和理论都是说服的道具，如果再加上数据，或许能让对话有不一样的展开。

---

1 拉丁语名言，原文为“Et tu, Brute？”是恺撒临死前对深得自己信任却刺杀自己的布鲁图斯说的最后一句话，一般表示震惊。

“还有这样的武器哦。”

上野教授单纯又兴高采烈的声音在脑内回响，笑眯眯的火箭炮就此登场。“无偿劳动理论”正式开幕。

窗外吹来的春风带着丝丝寒意，也送来了校园草木的清香。

引用文献：

上野千鶴子，「〈わたし〉のメタ社会学」，岩波講座・現代社会学 1『現代社会の社会学』，岩波書店，1997 年

上野千鶴子，『家父長制と資本制』，岩波書店，1990 年

大沢真理，「家事労働は搾取されているのかに答えて」，『社会科学研究』第 45 巻第 3 号，東京大学社会科学研究所紀要，1993 年 12 月

天真的平等主义者内心潜藏着什么？

我喜欢听课，理由很简单：因为轻松。

以前，上野教授这样形容自己的研究会："如果在研究会上因为想当然的主义和思想而热血沸腾，我会毫不客气地斥责。话虽如此，我也不允许有人害怕斥责而不发言。根据文献给出的线索，通过各自的发言进行有意义的延伸，最终总结出某种发现。换言之，如果不做成我喜欢的研究会，我就会不高兴。学生们都明白这点，所以总是战战兢兢地展开讨论。"

她说得一点没错。我总是疑惑：人何苦要提心吊胆地学习？我本以为那是自己的无知导致的思维惯性，但是听了课才知道，那其实是误解。

只需要老老实实听课和自己必须发言，二者的压力可谓云泥之别。听课时可以含着糖果跷着脚，游刃有余得很。研究会是少数人参与，讲座则在大教室进行。听讲座的学生男女参半，还能看到平时不太眼熟的学生。

一天，教授给我们听了某个男学生的发言。

“我是男女平等主义者，就算结了婚也会要求女性出生活费。但我会比她多出一些，因为我是绅士。”

多么天真无邪的单身男性的发言。

“今天我将以这个发言为中心展开教学。”

教室顿时骚动起来。因为那天的讲座主题是“女性主义经济学的挑战：劳动概念的构建”。从马克思主义女性主义的角度出发探讨无偿劳动的理论，为什么要用到这种浅薄的发言？而且，“经济学”跟“我是绅士”究竟有什么关联？

首先，教授点名了那个男学生。从那一刻起，他的绰号就成了“绅士君”。绅士君是个好青年，至少我是这样想的。

东大的学生，尤其是男学生的穿着打扮总让人以为他们是不是停留在了大学斗争年代，至少我是这样想的。

从东大出来，路过青山学院大学，同样是大学生，隔壁的时尚细胞却让人眼花缭乱。[1]在这样的东大里，绅士君算是个低调的小潮人。突然被教授点名，绅士君难以掩饰

---

1 日本国立研究开发法人“产业技术综合研究所”曾做过一个大学性格拟人诊断，青山学院大学的形象符合“时髦又酷的当代年轻人”，可见日本人对该大学的普遍印象。

慌乱。

“我的发言不会妨碍上课吗？”

多么为他人着想啊，我更喜欢他了。然而经验告诉我，越是看似普通好青年的男性，其实越拘泥于普通的常识和普通的刻板观念。而他们那些普通的观念正是让我过得如此艰难的罪魁祸首。从这个意义上说，“普通”是最需要回避的东西。

我多么希望绅士君是个长发拖地的怪家伙，但是眼前这个好青年让我大失所望。

“你为什么要多出一点生活费？”

“因为不想被抱怨。”

你瞧，什么平等主义啊？世界上到处都是回到家不想听人唠叨，所以闷声不吭的大叔。要是不想被抱怨，那就全部你来负担啊！我一边在心里吐槽，一边期待教授怎么修理这个男生。

绅士君继续说道：“当今世界依旧存在男女收入不平等的现象，所以我认为男性应该多承担一些。”

瞧他那得意的样子，就像在炫耀自己是平等主义者。普通女性就算心里不舒服，被说到这份上恐怕都会老老实实奉上生活费了。但上野千鹤子可不一样。

“那假设你们的生活费负担比例是七比三吧。这只是劳动的市场价值。请问无偿劳动部分，也就是家务的负担比例，你准备承担多少？”

“我已经多出了生活费，家务就想少做一些。”

你瞧，又来了。全是套路。按这个思维继续拓展下去，变成“是谁辛辛苦苦赚钱养家！”不过是时间问题而已。

“那么劳动就是价格？不用考虑劳动的强度吗？”

没错。以什么标准来评估劳动，做哪种劳动可以回到家里大言不惭地说“累死了”？并非工作了就了不起，而要搞清楚工作怎么了不起，这点非常重要。

“相比劳动时间，大学教授的劳动价格非常高。小学老师的劳动时间更长,价格却很低。假设这两种人是夫妻关系，那谁的劳动更高级？”

这下绅士君无话可说了。也许是无法做出判断，也许是好青年的理性令他克制着没有说出“谁赚得多谁了不起！”。

劳动的强度与劳动的价格没有关联。如此一来，轻易评判劳动就是危险的行为。一个不小心，就要支付无须支付的金钱，还要对应该对你表示感谢的人道歉，使情况变得非常复杂。

市场化与否的差别何在？那会给谁带来什么样的影响？不认清这些问题，就无法谈论劳动。如果母亲用“爸爸上班赚钱，所以了不起”为理由要求孩子的尊敬，这种含混不清的态度也应该令她被归为共犯。

哪怕只是约会或者同居，只要涉及金钱，双方或多或少都会感到“我有点亏了”。为了消除这种别扭的感觉，就要了解经济的大地图，知道自己的位置，并搞清楚究竟是谁绘制了这幅地图。

上野教授对绅士君发起了总攻。

“你能断言家庭内部的收入不平等一定不会演变为男女权利的不平等吗？”

绅士君一声不吭。他垂头丧气的样子跟刚才那番平等主义者的豪言壮语一对比，就意外地暴露了当今时代好青年内心的歧视观念。

绅士君，节哀顺变。上野教授，干得漂亮！

不过话说回来，这种天真又带有善意的隐性歧视者其实最难对付。你要跟他们斗，他们却没有自觉，必须先掌握马克思主义的劳动概念，才能说服他们。我因此意识到刻板观念的可怕之处，不由得毛骨悚然。

就在这时，一个学生举起了手。

“我也是平等主义者。”

怎么又来了。不过既然会选这堂课，证明都是对社会歧视比较敏感的人。现在看来，问题在于他们的“天真”。

“每次跟女朋友去宾馆都是我付钱，但我一直在想，应该要平摊才公平吧？”

女生齐齐发出嘘声。这就叫作撞枪口上了啊。看到下一个猎物这么快就登场，我开心得难以自持。

要对付这位小天真，又得拿出市场概念下的性的商品化理论。根据森永卓郎的《恶女与绅士的经济学》，性只是没有被市场化，实际价格相当于一次四万日元。

该说什么好呢？男生们难以接受这个事实。

“啊！女人做爱都在想着自己的价钱吗？！”

他们如此单纯地受到了伤害，我憋笑憋得好痛苦。兴旺发达的性产业早已规定了女人的价格，男人一边消费，一边要求性的纯粹。这不是双标是什么？！

再说了，性劳动已经被赋予了破格的低价，与其他劳动相比存在着堪称不合理的差距，更何况那个价格本身不是性劳动者能够左右的，所以叫人不去意识自己的价格反倒是强人所难。他们在谴责女性意识到性行为的价格之前，为什么不谴责性行为居然有价格这一背景？

总之不要废话，是男的就全额负担生活费和开房钱！这就是我在那个瞬间的想法。这也是一种性别偏见。我没资格指责他们。

女性主义经济学以经济为手段，让人们意识到自己如何对事物只有片面的理解。

一件事存在很多个侧面，但人们为何只能看到其中一面？不光要知道事情存在多个侧面，还要识破让人只看到其中一面的诡计，否则就不算真正理解。识破的诀窍就是搞清楚这个诡计能让什么人获益。

一个艺人朋友给我打电话。

“我在节目上说不过别人，好不甘心哦。”

“他说什么了？”

“等女人也能像男人一样在十秒内跑完一百米，再来跟男人平起平坐。”

又是以偏概全的结构。该用什么理论来对付他呢？

引用文献：

森永卓郎，『悪女と紳士の経済学』，講談社，1994 年

老阿姨降临研究会

有个老阿姨。不对，让我换个更确切的表达。有个奶奶。无论怎么看，那个人都像“奶奶”。

白发、弓着腰、土黄色的松弛皮肤、昏花不聚焦的老眼、朴实无华的着装讲述着生活的琐碎繁忙，就是那种随处可见的邻居家的奶奶。

走进教室的人都要先看她一眼再落座。她在这里如此显眼，反过来证明教室里聚集了多少目光锐利的人。

有的研究会会面向公众开放，奶奶一定是在哪里得到了消息。

那天的内容是“NEW YORK 先锋派中作为女性 discourse 的映像表现”。

我连标题都看不懂，却又被安排了主持的任务。走到前排席位，听讲者一目了然。

外国人、年长的男女，个个都是散发着强烈个性光芒的人，可以想象他们在各自所处的环境中一路厮杀而来的英姿。换言之,这些都是不可小觑的人物。在诸位大人物中间，三三两两地坐着一些稚气未脱的学生。

报告人做报告时，奶奶的目光一直在虚空中游移。我试着追逐她的目光，直到最后都没能发现她到底在看什么。奶奶究竟是什么人？我实在太好奇了，主持研究会都有点心不在焉。

不同的个性互相碰撞，在其中大放异彩的上野教授最后总结了今天的课堂。

“今天来了许多稀客，最后不如都来做个自我介绍吧。”

我好兴奋。这下总算能知道她是谁了。

那个顶着巨大爆炸头的女性是来自德国的研究者；长相很有异国情调的外国人是墨西哥来的学生；模特一样的女性也来自德国，是研究地理学和自卫队的学者。

接下来就是奶奶了！

她慢腾腾地站起来，用略显沙哑的声音说道：“我以前是个家庭主妇，五十八岁离婚，今年六十一岁。如果能早点了解到女性主义，我可能就不会白白浪费一生。所以，我今天来参加了这个研究会。”

我倒吸一口冷气。奶奶，不对，这位女士才六十一岁。可她实在太苍老了，一点都不像现在那些六十几岁的老阿姨。

能让她说出“白白浪费一生”的婚姻究竟有多糟糕啊。我异常惊愕。没想到人过着苦日子会老得这么快。那头白发霎时间变得鬼气森森。

我身边其实有不少“白白浪费一生”的例子。何须隐瞒，我自己也曾经感觉到“白白浪费一生”的危机，然后悬崖勒马，迅速掉头。

然而，“白白浪费一生”究竟是什么意思？是人生不够充实，不够享受？

达拉·科斯塔说：“就女性而言，通过婚姻出卖毕生的劳动力是她们自身的选择。”（《爱的劳动》）假如那是一场不幸的婚姻，女性悔恨的竟是自己选择了这样的生活，于是产生了“白白浪费一生”的说法。

达拉·科斯塔还说：“女人因为生存这一基本（最低限度的）需求而工作。”（同上）

为婚姻奉献劳动力，并不能得到私人财产，但是能活。辛辛苦苦一辈子,到头来属于自己的东西一样都没有。我猜，这就是她们说出“白白浪费一生”的原因。

如果一辈子不幸，但是积累了财产，能够用它重新起步，也许就不会有“白白浪费一生”的说法了。

因为那是个过于平凡、随便走到哪个居民区都能见到的老阿姨，所以出现在这里才会如此惹眼。而构成女性主义基础的动机，在那些平凡和寻常之间，竟如此容易找到。

我们学习了很多。家庭主妇为何要做家务？家务劳动为何无偿？明明是无偿劳动，为何丈夫还要说“这是你的工作”？家庭暴力为何存在？为何即使婚姻不幸，女性还是不离婚？为何普遍认为这些疑问必须憋在心里？

上野教授继续说道："下课后有个聚餐活动，因为要预约，想参加的人请表态。遥女士，交给你了。"

这回我成了组织干事。

"参加聚会的人请举手！"我大声说道。

教室里有许多求知欲旺盛的学生。大家都有点犹豫，但还是不停有人举手。

"最后十秒钟！"

人数已经超出预计十多人，我有点担心预约不到那么多座位。最后还是打电话跟不想接单的店家哭诉，好说歹说请对方收留了我们。

我筋疲力尽地回到教室，刚才那位奶奶还没走。

"那个，我也想参加。"

店里已经一个人都挤不下了。她刚才怎么不举手？我心里这样想着，还是对她说："可以呀，多一个人应该无所谓。"

管他的，我已经放弃了。这时，她又开口了。

"我什么也不吃，什么也不喝。"

啊？她这是无法负担聚餐费用，但还是想去的意思吗？莫非身体不舒服？还是要我理解她就是这样的做派？又或者牙齿不好，想知道有没有自己能咬得动的东西？脑中瞬间闪过好几种原因，但我没有细问。因为我太忙了。

"这么多人一起去，有个人不吃应该也看不出来。您就不用交钱了。"

虽然有点奇怪，但我已经自暴自弃了。

来到店里，座位果然不够，而且外面下着雨。我都苦苦恳求了，店家怎么还这样。

“老师和客人请到里面就座。学生在外面等等。”

我一边大喊，一边帮忙准备座位。要容纳这么多人，无法一人一张椅子，只能大家一起挤长板凳。

好不容易紧紧巴巴地坐下了，我和学生们把店外的菜单架当成餐桌，一边躲雨一边松了口气。下一个瞬间，我猛然想起，奶奶不见了。

“欸？老阿姨呢？”

不用说，谁都没有问“老阿姨是谁”，也没有怪我“不能那样叫别人”。在场的人不约而同地找了起来。紧接着，是惊叫声。

“她在那儿！”一个学生说。

“妈呀！！”我双手抱头。

她坐到了学者那一桌，还是最里面的上座。那一桌几乎都是外国人。尴尬的是，那边的座位也是长椅，只要一落座就不能中途离开。

“那一桌讲什么语言啊？”

“当然是英语啊。”

“她们聊啥呢？”

“肯定是专业领域。”

“啊！奶奶怎么办？”

我想起了自己的母亲。她平时大门不出，二门不迈，一旦走上社会，总会有出人意表的行动。我身为女儿，为了不给别人添麻烦，总得盯着她的一举一动。那样特别累人。

以前我演话剧，请母亲来看过一次。其他艺人也请来了父母。表演结束后，那些长辈都穿着得体的服装，走到后台四处打招呼，感谢剧团对孩子的关照。

我四处寻找自己的母亲，然后找到了。我的母亲在剧场大厅，正与其他客人争夺那里的鲜花，抢得披头散发。

我喊了她一声。母亲瞪着眼睛，气喘吁吁，把她抢到的鲜花塞给我，骄傲地说：“我抢了这么多！”

母亲面对来看女儿演出的客人，非但没有低头道谢，还上去争斗了一番。

“咱们回家吧。”我只说了这句话，搂住了母亲。

无论现在物质多么丰富，母亲活过了买不起花的岁月，还是会为免费的鲜花与人争抢。那天是女儿表演的日子，在场有各种剧团工作人员和前辈，但这些都被抛到了判断的范畴之外。

我的父亲也不例外。节目组搞了个派对，由于我是单身，制作人叫我请父母过来。话筒传到每一位艺人的家人手中，大家都陈述了感谢的话语。轮到父亲了。他开口就说：“老子在每个港口都有女人！”

……父亲并不是水手。他以前的工作确实要经常出差，可是一个父亲不为女儿道谢，却炫耀自己的女人。为何会这样？我百思不得其解。后来父亲上了电视，变得更极端了。

他在电视上大声说："鸡巴。"

后来照顾晚年的父亲，我才发现他有某种身为男性的微不足道的自卑。虽然在他人眼中微不足道，但本人感到自卑那就是自卑。漫长人生的苦恼造就了数不清的出轨，以及四处吹嘘情史的行为。他到死都没能摆脱那种自卑。

人越到晚年，就越容易将人生的重负表现在极端的言行中。岁月并不能软化人生的苦恼，反而让它更尖锐了。离经叛道的言行昭示了人生的艰难。面对这种言行，我们只能徒劳地想象促成它的人生。

每次在外面遇到可怕的老人，我总会想：究竟是什么让他变成了这样？

店员一脸困惑地向我走来。

"不好意思，那边的老阿姨怎么不吃不喝啊？"

我暗道果然被发现了，但还是回答："没关系，不用管她。"接着又补充道："记得少收一份钱哦。"

我坐在店外，隔着玻璃窗打量那个人的脸。她跟刚才上课时一样，眼睛不知看着什么地方，呆呆地坐在那里。

那一定是场奇怪的聚餐。一个同席的人坐在那里不吃不喝，也不说话。大家肯定都觉得很奇怪。她是否能感觉到那种氛围？不过，如果她自己无所谓，那就另说了。

坐在什么地方，吃不吃东西，都是个人的自由。她一直待到了最后。

表现力。

判断力。

认知现状的能力。

我知道，母亲走上社会时引发的混乱都是因为缺乏这些能力。当一个人被迫白白浪费了一生，作为一种自我保护的手段，不难想象她会选择回避，不去细细品味自己的人生。她的立场不允许自由的表达。她所处的状况残酷得难以判断。她的现状令人不忍直视。这些因素轻易就能剥夺一个人的表现力、判断力和认知现状的能力。

她呆滞的视线反倒让我忍不住去想象她堪称凄绝的人生。至少，那是一个决心重新出发的女性。而且，她还主动来到了这里。

聚会结束后，她独自消失在了冷雨飘摇的黑暗中。我目送她佝偻的背影，直到再也看不见。

引用文献：

G.F. ダラ・コスタ，『愛の労働』(1978)，「第一章　女は家内奴隷か、それとも労働者か？」，伊田久美子訳，インパクト出版会，1991 年

性别平衡

最近我发现，自己的讨论技巧进步神速。

有好多话，我都比以前更信手拈来了。在有了这种自觉后的一天，我跟一位观念相左的前辈艺人上了同一个节目。

“女人就应该伺候男人到死！”

他这样说。那天我们正在节目上讨论，前辈突然竖起大拇指对我说：“你说话怎么跟以前不一样了，是不是背后有男人给你当大靠山啦！”

那位前辈可能感觉到，有很多曾经会让我慌乱的发言已经镇不住我了。如果真的是这样，那也是我在大学学到了不少东西。可是从那天起，人们就开始说我是个背后有男性大靠山的艺人。

总有人问我，那个男的是恋人还是金主。一个大牌艺人看了节目，可能觉得我单打独斗很可怜，后来找到我说：“在演艺界，我可以保护你。”这下我真的有大靠山了！老实说，我有点高兴。

无论学习多少社会性别论，我内心的性别偏见都未能消除。一个比我高大、体格健壮、很有男人味，而且地位比我高很多的男人对我说“我保护你”，我就是忍不住感到高兴。

尽管我学习的社会性别论质疑了负责保护的男性与受到保护的女性这种结构，揭穿了其幻想的本质，可我还是很高兴，怎么都改不了。这就是性别平衡。这就是我内心的“女人味”。

从那天起，只要有机会，我就会到处说：“大腕艺人某某先生是我的靠山！”什么人听了都会表示震惊，效果实在太好了。学习社会性别论和跳脱社会性别是两码事。

同一个研究会的学生如是说：“可我就是喜欢肌肉男啊。”

社会性别会同时影响人的外表和内在。若问女权主义者是不是就会打扮得中性，倒也不是这么回事。如果有一张图表能显示出一个人的某个方面社会性别化程度有多高，那张图表就可以被称为“性别平衡”。

在学生做的女性主义分析中，因主张偏激被归为“武斗派女性主义”的研究者来参加研究会了。

教室里坐满了一看就知道不好惹的女性，我满怀期待地猜测究竟哪位才是“武斗派”豪杰。虽然心里清楚人家不可能真的穿军装，但我还是不自觉地寻找着“武斗派”气质的装扮。

过了一会儿，那位“武斗派”被介绍后站了起来。我一看，整个人惊讶得下巴都掉了。

清纯的中长款发型微微带卷，粉色系上衣，白色及膝半裙，好一个清爽型好感度百分百的姐姐！

“不是吧！”我心中大声呐喊，还揉了揉眼睛。

片刻之后，“武斗派”就现了原形。她的声音、她的腔调没有一丝矫揉造作，气势和力度俱佳，一听便知发自丹田，语气处处都是最强音，无论谁听了都要敬她是个“武斗派”！

她的“武斗派”体现在发声上。发声法也属于性别平衡的范畴啊。我又有了新发现。

我问跟那位“武斗派”交谈的学生，她们说了什么。

“她问我，你跟人说话时为什么要挤出笑脸？”学生满脸惭愧。不愧是“武斗派”！

可是等一下，她为什么穿粉色系？为什么留中长发？既然能说出这种话，穿一身迷彩上衣，配一头短寸也不为过吧？为什么不练肌肉？为什么喷香水？“武斗派”不应该浑身汗味吗？

“武斗派”的正统应该是《魔鬼女大兵》[1]那样的吧。然而她穿粉色系我也无话可说，毕竟这就是性别平衡。

---

1 《魔鬼女大兵》(*G.I. Jane*)：由雷德利·斯科特执导，戴米·摩尔、安妮·班克罗夫特、维戈·莫特森领衔主演的剧情片，于 1997 年 8 月 22 日在美国上映。该片讲述美国海军陆战队精锐部队的女兵欧尼尔立志完成海军陆战队训练，在冲破重重阻力后最终完成训练课程，并赢得陆战队同行尊敬的故事。

再举一个例子。

有个女生总是穿长裤、西装，短发梳成背头，不化妆，喜欢撇开两条腿落座，帅得我不禁落泪。可是她会适时地给人递手帕，还会亲密地贴着别的女生说：“你要去哪儿呀？一起喝茶吧。”全班第一有女人味。

她的性别平衡表现在外表与行动模式的极端分裂。

性别平衡没有固定的规则，会单独表现在外表与内在的各个方面。单就外表而言，其分类包括发型、内衣、服装、鞋子、指甲、化妆、气味等等，可能存在任意组合，当然也可能是单一表现。

内在的分类则包括喜好、思想、对他人的关照、看法、观点。

在动态上，包括行动、表情、说话方式、反应，以及发声。

如果仔细分析自己的哪些部位分别以什么样的性别平衡构成，就会发现其组合处处存在矛盾。性别平衡不仅仅包括表现出来的部分，还有时长、强度、是否自愿等多元的分类。若是自愿而为，也包括策略、喜好、战术、智慧等动机。

我自愿选择女性化。我喜欢“被保护”的感觉。我穿着贴身礼服裙是一种战术。我说话时面带微笑是一种智慧。

可是，这些都局限在工作时间内，平衡情况会根据时间轴产生变化。我的坚强约为八度男，我的善解人意约为十度女。这些项目都会成为“男人味”和“女人味”这一现有分类的指标。

只要逐一确认过，就会发现性别的界限很难分辨。各个部分互相独立，并一起完成了社会性别化，其总体构成了一个人。这种构成是随机的，不存在基准和法则，处在混沌而不平衡的状态，其组合方式、强度和自愿程度千差万别。就算能同时确定这些因素的社会性别，也会产生一个疑问：人究竟能否从社会性别中解放出来？

从长发中解放出来，并不意味着都要剪短头发。从顺从中解放出来，并非意味着要一点就着。要分辨其界限，更是难上加难。

如此一来，我们只能老实承认自己是个社会性别化的人。既然这样，充满“女人味”的女权主义者也就可以存在了。

据我所知，上野千鹤子就是性别平衡的指针两极摇摆最强烈的个体。

她同时拥有少女和恶魔这两种侧面。有时穿条迷你裙，可爱气质十足。一转头又左手插兜、右手挠头，眉头微皱、若有所思，耷拉着肩膀走路，背影散发着百分百的男人味。她一发作起来谁也按不住，但是很喜欢可爱的东西，这方面又有百分百的少女感。当然，这都是我的一己之见。

这里是否存在自愿的因素？假设存在，又是哪种类型的自愿？我也不清楚。

我们无法摆脱社会性别获得自由。每个人都背负着一定的社会性别生活。而对这一现实做出正确的认知，能够及时制止我们对社会性别的深信不疑和盲目追随。那将不再是强制的社会性别化，而是有选择的社会性别化。

让潜在的东西显现出来，这个过程充满发现的惊讶，也会使人谦逊——谦逊地审视由社会性别组成的自己，然后决定如何取舍，锻炼自己的眼力。

假如“疑问”是社会科学的命题，那么我首先要对自己发出疑问，科学地审视自己。

我有个强大的靠山。今后在工作上哪怕表现出一点与以往不同的自己，别人恐怕还会说：“那家伙有个男人当大靠山。”

这种说法是出于性别偏见，但事实大差不差。如果我身上发生了什么变化，那绝不是靠我自己的力量。靠的都是我背后的大人物。多亏了那位大人物，我才有了自我变革的可能性。

如果要修正这句话的性别偏见，就有了以下正确的说法：

“我背后有上野千鹤子这个大靠山。”

名为学问的格斗

“我要去大阪参加学会。”跟我同一个研究会的学生喝着咖啡说。

课间休息时间，我们经常在赤门[1]外面可以无限续杯的咖啡厅闲坐。稍微暖和点之后，我们也常在东大的三四郎池旁边休息。那是毕业生为了致敬夏目漱石的作品捐资修建的大池塘，周围摆放了不少大石头，还设有长椅。我一个人时喜欢坐在长椅上学习，不时看看躺在大石头上晒太阳的学生。

我不怎么去学校的食堂。这里的地下食堂足有体育馆那么大，特别拢音，让人很难安下心来。

“遥姐咋在这儿啊？”曾经有关西的学生对我惊呼。

---

1 赤门：东京大学本乡校区的大门，有百年历史，是重要的文化遗产，如今已成为东京大学的象征。

不可思议的是，大学周边的餐饮店好像都很照顾学生。我们常去的咖啡店的老板娘一见人来就唱歌似的问：“哪个系的？”听见我们回答“社会学”，她就心满意足地应一声，让我们免费续杯。

“我好久没去大阪的学会了。”

我压根没听懂那个学生说的“要去大阪参加学会”是什么意思。学会是什么？为什么要去大阪？你们不是东京的学生吗？

莫非学会到处都有，可以自己选择参加哪个，还是有什么很严格的规则？去了学会要干什么，还是不干什么，就光看？要制造点啥东西吗？好玩还是不好玩？

自从参加了上野研究会，我的脑子就一直处在这种状态。他们说的每一句话都让我百思不得其解。但是不能想到什么问什么，只能选择最重要的疑问说出来。每逢这种时刻，我都会感到头痛。

“大家去学会干什么呀？”

“我们要做报告呀。”

“哦，加油。”

“嗯。”

我一口气干了第三杯咖啡。

下午五点左右，睡魔迅猛袭来。头天因为读文献没睡饱，一早就不停上课，到了这个时候，注意力和体力已经消耗殆尽。我猛灌咖啡，还去生协[1]的商店买了添加大量咖啡因的“不瞌睡牌”罐装咖啡，然后走向教室。到了晚上八点，所有人都累得脸色发黑。到了这个时候，我反而异常清醒，感觉自己能一直亢奋到早晨。据说有种现象叫跑步者高潮，我这应该叫学习者高潮。傍晚，学生们都没有了午休时的状态，一个个默不作声地去上下一节课。

几天后。

“学会怎么样？”

“可惨了。”

“什么意思？”

“搞砸了的意思。”

那天才五点钟，学生们已经脸色发黑，坐在那里猛灌咖啡了。上回说要参加学会的另一个学生今天没来。

“哎，那谁谁呢？”

“病倒了。”

“病倒了？感冒？”

“不是。搞学会病倒了。”

学会究竟是什么东西？她们做什么报告会累得病倒？源源不断的疑问让我脑袋阵阵抽痛。

---

1 生协：“大学生活协同组合”的简称。在日本大学中，小卖部、食堂、书店等都是“生协”的一部分。

“你做了什么报告？”

“女兵。”

战争是那年的一大主题。自从女兵在海湾战争登场，战争实际上已经与男人为“保护女人孩子”而战的动机相悖。那么，战争究竟要保护什么？

上野千鹤子在《女兵的建构》（收录于《性、暴力、国家》）这篇论文中阐述，针对这个问题的态度可以检验女性主义者的立场。

> 女兵问题随之出现。在国际政治的角力中，这个问题将女性和男性、右派和左派问题搅在一起，亟待明智的政治判断。回答这个问题，其实就是从根本上回答“国家是什么”“军队是什么”以及“士兵是什么”的问题。

我也参加过不少演讲，也曾有当着众人说话的机会，但主题多为“女性如何生活”，听众都是家庭主妇和上了年纪的人。虽然多少会感到紧张，但从未因此病倒过。

“学会有普通人去听吗？”

“都是学者和研究者。那次还有防卫厅的人。”

“防卫厅的人去干什么？”

“防卫大学的女学生越来越多，女兵在日本引发议论只是时间问题。他们可能也感兴趣吧。”

学生一副若无其事的态度，继续猛灌咖啡。

她的报告在班上总是首屈一指，信息收集之全面、统计数据之可靠，都能让在座的人为之惊叹。而且她长相温柔，声音甜美，发言却无比辛辣，之间的落差让人不禁感叹，这几种特质竟能在单独的个体中兼容。

她管我叫“小遥咪”，可见其言行的落差有多么离谱。防卫厅的强悍人士最初听到她的甜美呢喃可能会忍不住陶醉，然后会渐渐产生疑惑，最后会气得直跳脚。光是想象那个场景，我就有点想笑。

“你什么时候觉得自己搞砸了？”

“现场提问的时候。”

“什么提问啊？”

“那个人问，你到底想怎样？”

“好没礼貌啊，他难道没听报告吗？”

“不是。那个人一看就是个高龄的学者，对我说话很温柔，就像爷爷在哄小孙女。你想要什么呀？宝宝想要什么呀？小遥咪，你听听啊！他这么一说，我的报告听起来就像小孩耍赖了！”

她眼下的黑眼圈传达出她无法消散的怨气。

“你怎么说的？”

“应该撤销自卫队。”

“你当着防卫厅的人这样说？”

“对呀。”

她恶狠狠地说完，看向了窗外。我不禁爆笑。我可没有勇气对前来听讲的各位主妇说："你们应该消失。"

"很有意思呀！"

她收回目光，缓缓转向我，却仿佛看着远处。

"如果无法在学会得到正当的评价，我就无法获得上升。光有趣没有用。"

我想起上野教授第一天就对我说："这里可是培养学术专家的地方。"这么说来，大学这个地方就是在教练指导下的自我修炼之地，而学会则是试镜啊。得到学会认可的有能之士会逐渐为人所知。因此唯有在无数次报告中力压群雄，爬到最高处的人，才能称之为当之无愧的"社会学者"。这个过程既没有奖金也没有奖品，有的只是认可和赞同。

我忍不住想，上野千鹤子也是这样从学会中杀出了一条血路吗？

三成打击率还不够，如果不争当四号本垒打王[1]，甚至三冠王，就无法达到现在的地位。我突然莫名感动。

上野本人也在《"我"的元社会学》中这样阐述：

> 研究者不管自愿与否，都被动参与到了"话语权斗

1 在棒球比赛中，打击率是衡量棒球打击手成绩的重要指标，打击手拥有三成打击率，就会被认定为优秀打击手。而四棒本垒打型打击手一般是实力最强的，一般会安排最会本垒打的人来担当。

争”中。你在这场“权力斗争”中地位如何？这是每个人必须面对的问题。

如果说学会是学问的格斗场，当然也会有力竭倒下的人。这回我总算有点明白“参加学会”意味着什么了。

谁也不知道自己选择的研究主题是否具有足够的深度、广度、强度和新鲜度，要在上面花费多少人生和能量。也许那个主题不堪一击，一上场就败下阵来。这么说来，对学者来说，选择什么样的研究主题很可能决定了整个人生。

既然处在学术的最前沿，一切研究都是在黑暗中摸索。要在摸索中抓住点什么，只能凭借“直觉”。其虚无缥缈之态令人目瞪口呆。

做什么都是自由，做什么都没有保证，而且其中包含着放弃一切。

那么，这“虚无缥缈”的东西究竟靠什么吸引学者？仅凭“问题意识”就要赌上整个人生吗？上野如是说：

> 社会学充斥着需要解答的问题……而且有多少问题，就存在多少答案。反过来说，如果没有许多需要解答的疑问，最好不要当研究者。（同上）

这些学生都选择了寻找答案的虚无缥缈的人生。我不禁敬服。

说到虚无缥缈的努力，其实艺人也一样。艺人也活在没有任何保证的世界中。

譬如工作中经常被邀请参加聚餐，我们虽然会盛装打扮前往，但包包里都装着运动服。滴酒不沾。享用完高热量的美食，还有痛苦的慢跑等在其后。这时已经过了深夜十二点。慢跑一个小时，接着进桑拿房，然后学习到天亮。

这就是我们艺人的生活。只要每天注意管理身材，就不用花大价钱买塑身衣。

我偶尔会跟一位五十多岁的女艺人在更衣室一同换装，每次都为她的身材惊叹。那位女士比我更适合穿牛仔裤。而她不过是每天都履行了艺人的日课。

有些人会问："这样就能红吗？"

这样并不一定能红。可是不这样更不能红。仅此而已。

哪怕只有细微的可能性也要拼命坚持，哪怕得不到任何保证。排遣每天的不安、迷惘、愤懑需要非常强大的精神，或是异常乐观的天性。三十多岁的女艺人突然跟青年实业家闪婚的现象就因此而来。每次看见报道，我都有点感伤。

"她一定是累了吧。"

演艺界的成功能带来巨大财富，那学者的成功究竟能带来什么？得出问题的解答，心情爽利——仅此而已？

为了这个，要如此拼命努力吗？

虽然虚无缥缈的努力跟艺人很像，但二者的最终收获截然不同。正因如此，我才无比敬佩做学问的人，无比敬佩那些有那么多问题需要解答的人。

那么，同样有很多问题需要解答，又想得到很多钱的艺人，究竟该怎么活？

引用文献：

上野千鶴子，「女性兵士の構築」，江原由美子編『性、暴力、ネーション』，勁草書房，1998 年

上野千鶴子，「〈わたし〉のメタ社会学」，岩波講座・現代社会学 1『現代社会の社会学』，岩波書店，1997 年

个人低谷的启示

当一个人埋首于一件事很长时间，会突然回过神来。欸？我刚才在干什么来着？注意力越集中，越容易失去目标。学习进入第二个年头，读文献已经成为日常，我突然掉进了这种情况。

一天，我在咖啡厅问学生："你能告诉我，我到底在学什么吗？"

学生们都笑翻了。如果这是笑话，显然反响特别好。

"我不是开玩笑。真的，我到底在学什么？"

她们注意到我严肃的目光，终于收起了笑意，认真回答了我："女性主义社会学呀。"

"说详细点。"

"这是人文社会科学的一个相对较新的领域，也称为社会性别论。"

"没错。我在学的就是这个。那我再问个问题可以吗？

我读这么多文献，究竟有什么用？这都是什么啊？我为什么要看这么多书？看了能怎么样？到底搞什么啊？”

一个学生好像总算理解了我的恐慌，明确地回答道：“信息的真空地带不会产生原创！”

这是上野教授说的话。见到那学生如此欢快，我不禁放松下来。

“遥姐，你听我说。原创是不可能独立存在的。尽量掌握更多的信息，才能从信息的落差之中找到自己的想法。人的思想只能这样存在，所以才要看那么多书。”

我渐渐平静下来了。我跟她们的学习目标不一样，但我总是会忘记这一点。

我不是学者，也不打算走学术之路、发现新事物，影响人、国家，甚至未来。我是个独善其身的艺人，但我的立场注定了我的事情不只是我自己的事情。当然，我也可以无视这个事实。

然而，无视也需要努力。许多普通人给我写的信，演讲时会场观众的发言，还有节目观众的声音。只要我长了眼睛、耳朵，就不得不面对这份工作虽不怎么红火，但注定会带来某种力量的事实。

时装品牌为何向艺人提供服装？因为我穿过的衣服有人看上了，因此变得畅销。我不过是接过造型师拿来的衣服，穿在身上而已。然而，这就是影响力。就算我并非自愿，但确实产生了影响力。织田元子如是说：

人类的欲望（中略）并非从个体自我的核心喷涌而出。（中略）欲望具有模仿性，甚至可以说，除了模仿的欲望，其他欲望不过是幻想罢了。（《女性主义批判》）

流行、媒体与模仿有着千丝万缕的关系。我在电视节目上说话，某个组织就发来投诉，这也是影响力的另一个侧面。在这些行为的延长线上，就会有人注意到我，会有人“憧憬并模仿这个人的活法”。在理解了这一点的基础上，我仍然只为了自己而活。随着工作的深入，原创性必不可少，我与这些学生的唯一共通点就是寻求原创性。

一天，上野教授说：“知性与教养这两个词，大家都知道吧。人们经常同时提起它们。”

“知道。”

“可是，有的人就算有知性，也没有教养。同样，有的人有教养，但缺乏知性。”

我不明白她想说什么。正在发呆时，教授放慢了语速。每次说到重点，她都会放慢语速。

“当然，知性与教养兼具是最好的。你们要好好学习。”

人为了什么学习？如果不用努力，尽情躺平，不用思考就能活着，那该多好啊。

上野教授的话让我感受到了父母的苦心。每次出去玩，父亲总要对我说：“钱带了吗？”

“不用。”

“有钱总比没钱好。你也不用硬花，有钱傍身更安心。拿去吧。”

学识也一样。不是非要用，但有总好过没有。所以，人要学习。

然而，这种影响我学习的低谷状态极为常见，走到哪儿都能遇上。

“那个，我想请教一件事。”

在我眼中，学生们就是遇到困难时的救命稻草。

“什么事呀——？”

有时候，聪明与不靠谱可以并存。

“那个，人会不会有怎么都提不起劲学习的时候？”

“会呀——”

“那种时候该怎么办？”

“不学习呀——”

“总不学习可不行吧。可就是提不起劲来，无论如何！”

这个月内我必须交一份报告给上野教授。然而过了好多天我都不想动笔，并为此异常焦虑。

“那就想想上野老师生气的样子呀——”

学生就是天真。

“那是有点吓人。但是这跟提不起劲来没关系。”

关于学习的事情，就要问学习的专家。学生像问诊一样问了我几个问题，然后得出结论：“遥姐，你有对象了吧？”

说得太对了。虽然很搞笑，但真的是这样。搞什么啊，原来是因为这个。

“恋爱是学习的大敌哟——”

“那你谈恋爱的时候是怎么维持学习的？”

“急着去约会，就抓紧时间把学习搞完呀。”

“可是现在抓紧时间也搞不完吧。因为你选择了一辈子学习的道路。”

“没错，所以我也很发愁呢——”

已经变成初中生的互相倾诉了。

不过，我总算知道了影响学习的又一个原因，能勉强投入学习了。

人在学习的时候很容易忘记自己的目标。一旦忘记了，就会陷入迷茫。所以不能光看书，要时常反复自问。若不这么做，就很容易失败。因为学问本来就是不做也无所谓的事情。

不去做的理由，往往举目皆是。

上野这样阐述社会科学：

> 人可以经过训练增加“信息”量。一种方法是通过怀疑与自我批判减少自明性的观念，另一种方法是扩大自我对异质领域的接受能力。（《“我”的元社会学》）

通过这段话也能看出，扪心自问对学问的后期发展有着重大的影响。

在学习之前和学习期间，我们都要不断训练审视自己的能力，从而确立“自我”的原创性。

引用文献：

織田元子，『フェミニズム批評』，勁草書房，1987年

上野千鶴子，「〈わたし〉のメタ社会学」，岩波講座・現代社会学1『現代社会の社会学』，岩波書店，1997年

女性主义是什么？

话说回来，女性主义是什么？

“暂时无解”“女性主义有多种形式”，还有什么女权扩张、女性解放与妇女解放运动的异同。这些全部包含在内，最后得出的结论还是“暂时无解”。无论怎么想，这门学问中让我感到最痛苦的就是这个问题。

再说了，女性主义除了社会学，为什么还囊括了经济学、历史学、语言学等各种学科？它的起点在哪里？中心在哪里？目的是什么？以什么为结果？这些问题都没有答案。

我以内心的“异样感”这一现实认知为基点审视社会，让内心的“猜疑”不断膨胀。那么，我该如何从身边的种种女性主义理论中选择路标？只能靠直觉。全过程中存在的只有“感性”。无感的人什么都不需要，甚至不存在基点。无感的人不会是女权主义者。

如此一来，女性主义就是“为有感之人而存在”的学问。

我猜，这就是使女性主义理论出现众多流派的原因之一。

人的感性多种多样。如果直觉与学问相关联，其样态自然数不胜数。有多少种感性，就有多少种女性主义。我作为一个感性的个体，选择的女性主义是上野千鹤子。

那么，我选择的女性主义跟别的女性主义有何不同？这无法从一片模糊的版图上展开叙述，而要通过一场论争来一窥其貌。

上野本人认为，“女权主义者对这一问题持有的态度，也是检验她们认为‘女性主义是什么’的试金石”。这个问题就是“女兵问题”。(《女兵的建构》) 为什么它可以检验论者的立场？因为这是争论最为激烈的问题。

“女性也可以战斗。”

“可以在最前线战斗。”

“不对，应该是后方部队。”

“在战斗之外也有贡献才对。”

“反对战争。”

诸如此类。

这些全都是女性主义。你别笑，以上的每一句话背后都有理论支持。这就是女性主义。大多数人遇到这种情况便难以迈出下一步了。

遇到困难时，就要收缩焦点。那么女兵问题究竟是什么？江原由美子这样定义：

军事组织是否该同等对待女性和男性的问题。(《从社会性别角度审视现代民族国家与暴力》，出自《性、暴力、国家》)

换言之，就是军队内部的男女平等问题。那么，这个问题为何很重要？

它是将“公民权”作为一项法律所认可的权利正式化的问题。(同上)

一言以蔽之，就是女性与公民权的问题。

公民权，那肯定是理所当然的。产生这种想法的人，没有必要往下看了。

而看到“公民权”三个字，心里冒出了大大的问号，这样的人请往下看。

上野如是说：

我们在这里需要质疑的是，公民的各项权利究竟是什么？是谁对谁的要求？(《女兵的建构》)

“公民权”其实是个可疑的概念。它看起来清正廉洁，背后却潜藏着名为正义的认知陷阱。陷阱只在有人掉进去之后才能被识破。而掉进陷阱的人就是平家雷鸟，还有市川房枝。她们做了什么？

> 强调让妇女成为“公民”，进入以议会制度为中心的社会性别化的“公共”领域，意图对其进行改革。（馆熏《女性参政权与社会性别》）

对，公民权。她们想要公民权。具体来说，是要求男女机会平等和保护母职。

学者铃木裕子用一句话概括了它：“女权”[1]与“母权”。（《开拓女性史 2：辅弼与抵抗》）为了这两样东西，她们在那个战火滔天的年代做出了极大的努力。

如果有人觉得：这不是很好吗？那么你没有必要往下看了。

如果有人察觉到这其中的危险，那么我们一起继续收缩焦点。

翻开平冢雷鸟的评论集和著作集，会看到许多让人背后发凉的表述。

“起初，女性是太阳。”

“儿童属于国家。”

“母职是国家性质的工作。”

1　本书所说的“女权”及“女性主义”皆译自外来语“feminism”，此处的“女权”为日语汉字形式的“女権”。

“女性的自然本能与国策一致。”

这些将女性逐渐束缚于母性之中的强迫式话语，动员了日本全体女性参与到战争中。再看市川房枝的自传，也有类似的表述。

“家庭乃国之基础。”

“妇女乃家庭之灯火。”

她们一边宣扬这类观念，一边成为消除男女政治不平等的女性领袖，为战争助力。现在我们看到的这些令人脊背发凉的话语，在当时给广大女性注入了强大的活力。国家为了战争动员以公民权为诱饵，随机应变、软硬兼施、左右逢源地利用了母性这一意识形态。

这与现在讲究的“贤妻良母”，一会儿要求女人大门不出，二门不迈，老老实实在家相夫教子，一会儿又要求女人在家务和育儿的间隙以低薪的兼职工作贴补家用有何不同？这与女人必须顺着不同时期的“母亲”形象不断改变自己的观念有何不同？“母职”这个概念一直在被翻来覆去地利用。

石月静惠这样说：

> 家庭＝为了丈夫和孩子，这既可以是运动的逻辑，也可以是退出运动的逻辑。（《战争期间的女性运动》）

“母职”甚至被用于“杀人”，一国女性的“公民权”能被用于让别国女性成为“性奴”。直到现在，“母职”依旧以各种各样的形式，或明或暗地以固有观念束缚着女性。

太讽刺了！我们从女人套着围裙高喊“我是母亲，给我公民权！”的时代，来到了“你是母亲，给我滚！”的被职场扫地出门的时代。

如果平冢和市川活到现在，看到她们的主张在不久的将来导致了“母职”的困境，又会做何感想？

但我们不能忘了，平冢和市川都坚信那是正确的主张，所以才会大力宣扬。当时要打破由男性主导的公民概念，只能以“母性”“女性性”为武器。时代变迁，同样的武器掉转矛头开始攻击女性自己。就这样，她们掉进了“公民”的陷阱。

市川如是说：

> 我生在那个时代、长在那样的环境下，身为一个公民做了那些事情。即使不说理所当然，至少不觉得羞耻，这样错了吗？（《历史评论》编辑部编，《近代日本女性史的证言》）

耗尽生命也意识不到的观念，这就是陷阱。正因如此才是陷阱。历史告诉我们，对眼前的“善意之举”，要慎之又慎。我们必须学习，是谁设下了陷阱？

“我才不管。只要每天高兴就好。”这样想的人，没有必要往下看了。

想追究根源的人，让我们继续。

“公民”的背后有“民族国家”。这个“民族国家”看来很可疑。感觉不到可疑的人推崇它，感觉到可疑的人觉得异常怪异。这也是一种感性。

上野在论文中就发出过警告，奉劝人们不要与国家“做交易”：

> 隐藏在军队中男女平等意识形态之下的其实是女性主义和国家之间预谋的新“交易”，这是女性主义必须拒绝的。(《女兵的建构》)

但在这里，出现了对立的萌芽：

> 不可忽视的是，“民族国家”目前为国民乃至公民提供了“自我统治的一种手段”，(中略)拒绝参与其中就意味着在“民族国家”中拒绝成为“良好公民”。(江原，同前)

这就是“警惕民族国家！”与“携手民族国家！”的差别。不过，“良好公民”又是什么？这跟贤妻良母有何不同？这与因为这是“家”，我们是“家人”，所以你要成为“贤妻良母”的男性逻辑有何不同？

上野所说的“不依赖女性等于和平主义者这一本质主义

观点的女性主义以及反战思想的建构”（同上），也会遇到这样的反驳：“什么反战啊，暴力战争是客观存在的东西。”

上野进一步反驳道：“客观存在的暴力与正当化的国家暴力不同。”对此，有人就会说：“别说得冠冕堂皇。现在女性自卫队员所遭到的明显歧视该如何解决？”或者“不想脏了自己的手，何谈反战”之类的。

于是，就有了眼前的“善意之举”一说。

为了改善近在眼前的歧视问题，就靠向近在眼前的国家。我们不能忘了，市川房枝并没有大力支持战争。她是故意蹚了浑水。她不惜这么做，也要为近在眼前的歧视而战，最后落入了陷阱。

近在眼前的男女平等，这真的是女性主义的目标吗？上野说：非也。女性主义并非要求民族国家“平等分配”的思想。

> 当男性占有国家暴力时，女性要求“平等分配”，等于支持国家占有暴力。（同上）

事关权力关系，无论国家还是男女都一样。家庭主妇恳求“我也想工作”是以承认夫权为前提。“工作可以，但要顾全家务”“但你不能不洗碗”的交易亦如是。

一旦做了交易，就会落入权力的陷阱。上野所说的“不要与国家做交易”，意在于此。换言之，就是“我凭什么不能工作？”。这里不存在“平等分配”和“交易”，只有一种毅然决然的态度——为何我必须遵从你的游戏规则？

上野的女性主义从“拒绝”开始。

J. W. 斯科特在《社会性别与历史学》中论述道：

> 若选择平等，就不得不承认差异是与之对立的。若选择差异，等于承认平等不可能实现。（中略）要揭露将平等与差异对立的权力关系，并在这一基础上拒绝二元化的政治选择。

不要从眼前的选项中“择其善者而从之”，而要质疑“你有什么资格向我提供选择？”。唯有拒绝了看似善意的手，女性主义才有将来。

针对上野的定位，有人提出了“纯粹女性主义”（中山道子，《作为论点的女性与军队》）及“逃避统治阶级”（同前）的批判。简而言之，就是“你自己净说些冠冕堂皇的话，那么究竟该如何治理国家？”。

针对“女性主义的国家论是什么”这一质疑，上野毫不犹豫地答道：“女性主义需要国家论吗？”

说完这句话，她环视所有人。

“要你管。谁还有意见？”我是这样理解的。

看似善意的提议遭到拒绝，权力会温和地逼问：“那你要怎么活下去呢？”对此，“要你管”乃是非常正确的回应。不选择摆在面前的选项，这既不是逃避现实，也不是理想主义，而是“不做选择”的现实主义。它并非“存在理论上的困难”（中山道子），而是一种“挑战”的理论。

这个理论并非国家理论。既然拒绝了与国家做交易，理论就不以国家为范畴。理论不用力于幻想的共同体，而是先用力于尚未明确的、深藏于自我内心的、可能直到生命尽头都无法察觉的观念。敌在心中，若不变革内心，则无法走向共同体。向未知发出挑战，不需要先天的理论。

上野这样断言道：

> 女性主义的目的正是超越现代民族国家。（《女兵的建构》）

女性主义从拒绝你的游戏规则开始。这既不是“纯粹主义”，也不是“共犯嫌恶”（中山道子）——不是这般脆弱之物。这是看破之后的遗弃，是冷酷无比的判断。

相比加入既存的暴力中，一举否定既存之物更为暴力。有一种暴力是不把你当成对手。

顺带一提，“好公民”的思想才是只需要后天的理论。它才是停滞于既存框架内的保守思想的“纯粹主义”，体现了对挑战的“逃避”和对未知的“嫌恶”。也就是说，这一反驳实际成了对反驳者的批判。

为何不认同暴力？上野教授遭到这种批判时，说了一句让我难以忘怀的话。

“上野可是号称最暴力的女人。”

批判的人似乎还不理解上野真正的恐怖之处。我选择的女性主义似乎是最暴力的一种。可是，我对它深感共鸣，并不觉得有任何异样，可见我的感性也相当暴力。

女性主义只能进行多元的实证。从一场论争中，可以窥见女性主义的过去、现在和未来。

历史学为我们总结了前人犯下的错误，经济学清楚勾勒出历史创造的环境，语言学揭露了“起初，女性是太阳”等无数神话的虚妄。

仅仅是一场论争，就有各种学科领域复杂而执拗地纠缠在一起。

无论如何丰富感性，无论如何积累知识，都没有穷尽之时。面对一种社会现象，如何感知、如何认识、发现什么样的矛盾、如何去解析，女性主义就存在于这个过程中。这个过程就是不断收缩焦点的道路。

这个焦点不但对准外部，还对准自我的内部。只要各个方面还存在论争，女性主义就没有明确的答案。拥有哪种观点是对我们的感性的考验。

我们也不能忘了，这种感性也是由社会建构起来的。

引用文献：

上野千鶴子,「女性兵士の構築」, 江原由美子編『性、暴力、ネーション』, 勁草書房, 1998年

中山道子,「論点としての女性と軍隊」, 江原由美子編『性、暴力、ネーション』, 勁草書房, 1998年

江原由美子「ジェンダーの視点から見た近代国民国家と暴力」, 江原由美子編『性、暴力、ネーション』, 勁草書房, 1998年

J.W. スコット,『ジェンダーと歴史学』, 荻野美穂訳, 平凡社, 1992年

「歴史評論」編集部編,『近代日本女性史への証言』, ドメス出版, 1979年

石月静恵,『戦間期の女性運動』東方出版, 1996年

舘かおる,「女性の参政権とジェンダー」, ライブラリ相関社会科学2『ジェンダー』, 新世社, 1994年

鈴木裕子,『女性史を拓く2　翼賛と抵抗』, 未来社, 1989年

学问推动社会

“遥姐，你这样不对，上野老师要骂人的！”

“已经晚了！”

我们像平时一样坐在赤门外的咖啡厅，吵吵嚷嚷个不停。以新鲜出炉的玛德琳蛋糕为卖点的咖啡厅总是充满着香甜的气味。我们坐在那阵香味中，心情万分沮丧。

我经常收到演讲的邀请，一般都与女性主义有关。人们不找文人、学者讲这个主题，反而邀请艺人，背后显然有着“请不要讲得太复杂，尽量简单易懂”的需求。

这还暗示了另一个背景。

“我们也啥都不懂……”

我过去一看，发现那些政府工作人员全都是男性。他们作为责任方，筹办“社会性别”的活动。

他们发给我的各地宣传单上，写满了“社会性别”的内容。语言的定义、必要性、未来展望，全都认认真真地做了介绍。万事俱备，再请个能讲讲社会性别的有点意思的艺人，那就锦上添花了。我想，这就是我所处的环境。

现在让我烦恼的是，我真的能讲社会性别吗？

做了艺人这一行，不管本人是否意识得到，只要在公众面前发言，就必定会产生某种影响。

朱迪斯·巴特勒曾说：

> 语言既是我们所做的“事情”（人类这一群体所进行的行动的名称），也是我们带来的结果（行动及其后果）。（《触发性的语言》）

问题在于这个“结果”。我很害怕这个“结果”。我并不想为他人的人生负责，也不愿意遭到批判。我需要寻求意见。

把我介绍给上野教授的女士也在大学教书。她在我眼中是母亲般的存在。我问那位“母亲”：“你觉得我能谈论社会性别，谈论女性主义吗？”

“母亲”在海外生活过很长时间，使用刀叉的动作比我优雅得多。她已经六十多岁了，厨房里却摆着意大利香醋和特级初榨橄榄油，我曾经费了好大工夫才找到日本人常用的酱油和麻油。“母亲”与奶酪和葡萄酒更般配，在我认识的六十岁女性中，她总给我带来少见的惊喜。

这位“母亲”放下酒杯，盯着我说：“你跟谁学的女性主义？”

啊？我听了一愣，“母亲”继续说道：“那可是上野千鹤子。东京大学的上野千鹤子。你在东大跟上野千鹤子学习女性主义，要是这都不配谈论，那除了上野千鹤子本人，就谁也不能谈论了。有点自信吧。”

“真的可以吗？”

“当然可以。”

“母亲”美美地喝干了葡萄酒。

现在，有很多地方自治体请我去演讲。我每次都说“别叫我老师”，可他们还是叫我“遥老师”。就这样，我这个染了褐色头发，穿着厚底鞋，浓妆艳抹的女艺人，拿着麦克风站在了讲台的鲜花旁边。

“所谓社会性别……”

在我看来，这一切都假得很。我无论如何都融入不了这种虚伪的环境。

我坐在赤门外的咖啡厅，双手捧着咖啡杯，一边犹豫要不要吃小蛋糕，一边陷入了沉思。

“然后呢？你说社会性别是什么？”学生问道。

这个学生还在别的大学担任兼职讲师。刚听说这件事时，我感到特别惊讶。原来她一边在东大学习，一边还在外面教书。不过，这里大部分学生做的兼职都是家庭教师，所以他们都很擅长教书。

“我说社会性别就是文化性的性别差异。”

“你这样说不行！被上野老师听到，要骂死你的！”

“为什么？书上就是这么写的啊！”

“那个概念已经过时了！现在有新的！”

“啊？太晚啦，我说都说了，当着五百个人的面。现在大家都这么想了。”

“现在的概念啊——”从那句话开始，我记了整整三大页的笔记。

确切地说，这是“对身体差异赋予意义的认知”，而解释这个概念需要整整三张纸。我在大学早已深深体会到了，“专业”与“复杂”是同义词。

“要这么说，老人家都该睡着了。”

我万般无奈。

“麻烦老师您把复杂的事情讲得简单一点。”

这才是我的听众的需求。

无论听她们怎么解释，我都没法直接在会场上念出来。现在各个区的行政部门还站在希望人们记住“社会性别”这个词的门槛上。

面对五百人份的疑惑，选择言辞的责任重大。

“你们教的时候务必慎重啊。我现在学到的东西转头又要讲给五百个人听。要是重复十次，就是五千人。我坐在这间咖啡厅里学习的内容，要变成五千个人的知识啊！”

不知为何，我这个学生威胁起了教我的老师。学生们的表情稍微严肃了一点。

研究会开始后，课堂上分发了附有大泽真理教授照片的报纸文章。

这一阶段的内容涉及资本主义制度和经济学，因此大泽教授是不可或缺的专家。那篇文章是对厚生省的养老金方案提出的意见，也跟政府的男女平等审议会有关。这是要干什么呢？

一门学问并不会止步于自己的专业领域之内。

在这里，每天不断发现、诞生的新学问都对政治有着某种形式的影响。其后，这些影响就会具体体现在政治制度中。政治虽然由政治领域的专家把握，但在决策之时，政策的基础需要由不同领域的专家参与进来共同决策。

看了那篇文章，我恍然大悟。

禁止性骚扰、夫妻别姓、雇用机会均等法，在这些政策的制定过程中，都有扮演着顾问角色的“学问”的参与。（暂且不论意见能否被采纳，会不会被歪曲。）

我用“五千人”威胁学生，而身后的教授面对着的是“一亿人”。

而当教授说“我去联合国参加个活动”时，她的学问的影响对象就成了地球上的几十亿人。

当然，范围扩张到这么大，学问就会出现“时差”。最近研究会上讨论的热门文献中就有令人惊讶的表达。在这所大学里说的“最近”意味着“学问的最前沿”。

朱迪斯·巴特勒这样阐释社会性别：

> 性别也许早已是社会性别的一部分。作为其结果，性别与社会性别的区别，说到底成了没有区别。(《性别麻烦》)

……喂喂。

我说："性别与社会性别不一样。性别是生理学意义和身体意义上的性差异，社会性别是社会意义和文化意义上的性差异。"

大众对"社会性别"的认知还处于起步阶段，在语言层面上还很生疏。然而，在已花费数十年促成其"诞生"的学术界，它已经呈现出变得面目全非的可能性。

一边是尚未诞生，一边却已是沧海桑田。

那我正在做的究竟是什么？

学问的时差巨大。要填补这个时差，人们究竟又要花费多少个十年？到那个时候，学问又将何去何从？

引用文献：

ジュディス・バトラー，『ジェンダー・トラブル』(1990)，竹村和子訳，青土社，1999 年

ジュディス・バトラー，「触発する言葉」(1997)『思想』1998 年 10 月号，竹村和子訳，岩波書店

汝需知晓奋战之时

我知道上野教授能讲三国语言。英语、在大学里讲的日语，还有对普通人讲的日语。请你不要疑惑：哎？那是什么？

就像德语和斯瓦希里语差别巨大一样，在大学里讲的日语对普通人而言是完全陌生的东西。在教室里说的——

“如果从机会成本的角度考虑，无偿工作的衡量标准是一个难题。”

换到面向大众的演讲上，这句话就是——

“如果在外面工作同样长的时间，应该如何计算能得到的报酬？”

这句话还会附赠微笑！

有人可能疑惑这怎么会是一回事，可它们的确是一回事。

最让我佩服的是，大家在教室里讲日语，黑板上写的却都是英文。“讨厌！”我一边发牢骚，一边抄下来。即使不去上课，我也越来越爱听讲座了。遗憾的是，很多讲座跟我自己的讲座时间有冲突。这有点像靠演讲来动员人们参加运动的时期。

“社会性别就是，呃——”相比自己做这种讲座，我更想听教授的讲座。

有一次，我问教授：“自己的讲座和老师的讲座，我应该选择哪个？”

“选给钱的那个。”

太痛快了。工作与学习，当然是工作重要啊。

关西也有很多上野粉丝。那天，我率领朋友前去参加上野千鹤子的演讲会。主题是“关西文化论”。教授站在讲台上，打扮得美美的。

“文化其实是无权无钱的丧家犬持有的东西。”

以这句话开始的文化论用简洁明了的话语，表达出笑容也无法掩盖的激进。

这一上来就是充满刺激的场景，本来应该得到“漂亮！”“好！”的喝彩。若是歌舞伎，肯定就是满场喝彩了。

我听得津津有味，转头看看朋友，却发现她们个个兴味索然的样子。“你们听懂了吗？”我突然有点不安。演讲途中，教授指着我做了介绍。

“这里有位正在东大求学的女士，她叫遥洋子。”

我顿时面红耳赤。会场也是反应冷淡。

“你们听懂了吗？”我又忍不住想。

我很不喜欢对别人说自己在东大上课。

“我在东大上课呢。”

“哦……”

就是这样。听着很假，怎么想都不可能，毫无必然性，因为我可是艺人啊。这跟“其实我是法国人”差不多离谱。

当一个操着大阪腔的扁脸大姐说出这句话时，恐怕每个人都会心想“你瞎说啥呢”，然后做出“哦——”的反应。换言之，没有人会把这件事当真。由此可见，东大与艺人是多么八竿子打不着。

于是，说的人就会异常尴尬，觉得早知道就不说了。从那以后，我沉默了整整三年。话虽如此，我还是希望身边亲近的朋友能了解上野千鹤子。

那天，我带着吉本的艺人好友和另一个老朋友同去，我们都是因为社会性别吃过苦头的人。于我而言，我很想介绍患难姐妹认识认识这位“大神”。大神做完演讲后，走到我们这里来说：“去吃饭吧。”

我们都吓坏了。跟大神吃饭欸！

我很快发现，大神对吉本的艺人很感兴趣。

“吉本有工会吗？”

“你平时靠什么生活？”

“怎么才能当上艺人？”

“师父会为你做什么啊？”

“没有师父的人要怎么办？”

社会学家的好奇心和研究冲动令人震惊。接二连三的提问早已超出了社交闲谈的范畴，我眼前显然是个碰到了上好的研究材料，绝不会放过的研究者。

艺人与东大八竿子打不着，东大的教授自然也很难接触到艺人。餐厅瞬间变成了上野研究室。

那贪婪求知的身影令我佩服得五体投地。

上野说:“社会科学是‘经验知’。”(《“我”的元社会学》)她还认为，研究者的课题就是跳脱“自明性的领域”。

> “临床知识”中充满了经验重组类别的萌芽。(中略)它只会从“我”的“外部”降临。因此要具备“倾听能力”，去接收与“我”相异的事物。“当事者类别”正是范式创新的宝库。(同上)

对教授来说，“艺人”就是相异的事物!

后来我问那个艺人朋友的感想，她说:“我的腿都在抖。”

“为什么？”

“因为那可是上野千鹤子呀。”

多么好懂。“上野千鹤子来了”的压力还影响了另一个朋友。一个人突然介绍起自己的生平，一个人突然讲起了临床心理学……事先声明，她们都不是什么研究者。她们只是吓着了，吓得口不择言。

“你们快停下啊！”

我忍不住横加制止。教授笑眯眯地应付所有人的身影让我很是心疼。

为什么心疼？让专家讲自己的专业领域，这种行为也是“义务劳动”，属于无偿劳动的范围。

> 马克思主义女权的任务就是揭露资本主义父权制这一特定历史阶段的制度对女性的压迫。(《父权制与资本主义》)

上野说的这种马克思主义女权，其中一个重要概念就是“无偿劳动”。

> “马克思认为，劳动力的再生产是人类的自然过程。”(同上)

上野对此批判道：“自然过程”其实并非自然产生的，而是货真价实的人为劳动。且是“无偿”的劳动。

有利于资本主义与父权制的女性家务劳动之所以变为“无偿劳动”，中间有着一段曲折的历史。我花费一年时间研究了无偿劳动这一主题，自然熟知它的概念，并且对它极为敏感。

让上野千鹤子讲社会学，这种行为跟棒球运动员讲棒球可不一样。这就好像让棒球运动员吃着吃着饭突然站起来击球。用歌手来举例，就不是让其谈论演艺界，而是对他说“唱首歌给我听听！”的行为。

社会学家是“语言”的专家。一般人都懂得在说完“你好”之后突然让别人击球很不自然。然而“语言”是日常生活的工具，在说完“你好”之后突然要求对方发表专业的见解，在一般人眼中并不显得奇怪。更别说讨论其实是语言的格斗。日常会话与格斗的界限，可以说似有实无。有时正因为是外行，向专家抛出的语言更容易变成格斗。

如果格斗家在吃饭时，突然有个外行一拳砸过来会如何？当然会不高兴。当初我在研究室，就对教授做过这种事。她听了我的提问，脸上闪过一丝不悦，但还是做了回答。我就是那个吃着盒饭时突然对别人出拳的外行人。

“你们快住口！”制止的同时，我也从她们身上看到了曾经的自己。

跟大神的聚餐结束后，我们谈论起了一直笑眯眯的教授。

“那个老师看起来人很好呢。”

“很讨人喜欢。”

“像个少女。”

我说什么她们都不信。教授特别严格，整个大学都知道她特别严格。有段时间因为她太严格，报她课的人还锐减了。

教授向来奉行“雄鹰藏其爪”，可我总是想：“会不会是藏得太好了？”涉及专业领域和走出专业领域时，她的表情差异实在让人觉得不可思议。

“洋子啊，你最近怎么不跟男人吵架了？”

艺人朋友这么一说，我才发现最近好像挺风平浪静的。

“真的呢，怎么回事？”

“会不会你已经知道答案了？”

有可能。确切地说，我还不知道答案，但是有数量庞大的文献告诉我，人为什么会有那些言行举止。文献给了我多少问题和解答，我就与人争吵过多少次。

如果没有学习的机会，到现在我还会为了寻求答案而故意引发争端。原来答案的线索并不在活着的人身上，而在前人呕心沥血留下的信息中。

“遥小姐要是再可爱一点，会比现在幸福得多。”

在餐馆被一个男人这么一说，我直接叼着筷子越过餐桌，一把揪住了他的领带和前襟。

“关你屁事！”

在我痛骂他的时候，瞥见另一个人悄无声息地走出了餐馆。后来我发现，那人是即将与我相亲的对象，那天是专程去看我的。他是宝石商的公子。

“跟你说了不要吵架，你偏不信。”安排相亲的餐馆老板长吁短叹，他的模样令我至今都难忘。

“都怪你，我的相亲黄了！”

我撕了那个男人的衬衫。我的艺人朋友把一切看在眼中。

理解带来心平气和，我开始有意识地选择亮出獠牙的时机。既然连我这种人私底下的争端都减少了，像教授那样掌握大量理论知识的人，是否也因为其知识规模的庞大，才获得了那究极的微笑？学习能让人开悟？

那么，这就不是雄鹰不露其爪，而是雄鹰无须藏其爪，其爪自然化于无形。

“教授今天是这个样子的。”回到家中，我给学生发邮件说。

“大家都知道啊。”学生回复道。

雄鹰知晓理当奋战之时。就算不在大学，上野教授的姿态依旧让我获益匪浅。

引用文献：

上野千鶴子，『家父長制と資本制』，岩波書店，1990 年

上野千鶴子，「〈わたし〉のメタ社会学」，岩波講座・現代社会学 1『現代社会の社会学』，岩波書店，1997 年

一切将会归为一线

“她去拜访凯瑟琳·麦金农了。”一个学生摇晃着上半身说。

我们在喝酒。

对于那些居住环境令人咋舌的学生来说，我的屋子据说是“超舒服”，所以她们经常来玩，然后喝得烂醉。那是个春假马上就要结束的夜晚。

“什么？！”

凯瑟琳·麦金农可是出现在文献里的学者啊。春假还没开始，那个学生就离开日本，去拜访那位学者了。

上野教授的论文里也经常出现麦金农的名字。如果想进一步了解麦金农，读更多文献就可以了。为什么那个学生会想要去“见她”？那个人还活着吗？

如果这是“去拜访马克思”，我肯定会全力阻止，告诉她：“人已经死了。”

将马克思和弗洛伊德放在一起读，人对时间的感觉就会被打乱。皆因研究者并不会在论文中透露自己的生活，因此他们在我眼中只是符号化的文献作者，除此之外无从想象。

这也太矛盾了。因为我也是“拜访”上野千鹤子的人。

“拜访她做什么？”

“不知道。”

见到专程从日本去见她的学生，麦金农会怎么对待她呢？醉酒的学生顶着通红的脸，也露出了担心的表情。看来我们的想法都一样。她连脑袋都开始摇晃了。

再说，为什么偏偏是麦金农呢？出现在文献里的学者，粗略一数也有一百多人啊。

这个问题也能直接反问到我自己头上。

“为什么偏偏是上野千鹤子呢？”

就算看不懂文献，坚持读下去之后，我还是会有所发现。

有时候，我的身体会感觉异常。体内会突然“扑通”一声，横膈膜一带猛地发热，全身的细胞沸腾起来。过了好长一段时间，我才意识到这种症状名为“感动”。

“感动？那怎么可能？这可是学习啊。”

这是我先入为主的观念。我以为，学习就是不起眼的努力和永无止境的思维锻炼。事实上，刚开始那段时间真的是这样。除了这些，还伴随着“上野千鹤子恐惧症”，害我一度担心：可千万别生病啊。

本来嘛，我只是个艺人，凡事追求轻松愉悦，喜欢浓妆艳抹，喜欢男人，金钱至上，这些一个都没落下。而这些嗜好都是与学习完全相反的东西。

当我在学习中感受到“感动”，我又一次“感动”了。

接着，我又为策划、编排、导演、放送了这种“感动”的上野千鹤子而“感动”。

“策划”就是设定当年的主题，将其作为研究项目。研究者选择主题，靠的是直觉。“编排”就是从数量庞大的文献中判断选择必要的资料，并将其编排在一起。“导演”就是慎重地管理每日在研究会上发生的讨论，对其进行总结归纳。然后综合以上所有，在学期结束的冬季“放送”出一些信息。这怎能不让人“感动”。

直觉、判断、能力、目的，这些决定了原创的必然性。

在这里就蕴含着“为什么偏偏是上野千鹤子”的答案。

因为“她给我带来了感动”。对我而言，上野千鹤子是小林一三[1]，是浅利庆太[2]，是长嶋茂雄[3]。

“老师，看论文原来会感动呢！”

“你知道啦？”教授的表情亮了起来。

“我还以为只有体育和艺术能让人感动。”

---

1 小林一三：日本企业家，宝冢歌剧团、东宝创始人。

2 浅利庆太：日本演出家、实业家，四季剧团创始人之一。

3 长嶋茂雄：日本职业棒球运动员、教练。巨人队终身名誉教练，日本棒球队总教练。

“不对，学术也能让人感动。你能明白这个，真是太好了。”

从那天起，我就怀着看棒球比赛的心情读论文。哪怕是又长又无聊的论文，结尾也可能藏着逆转翻盘的本垒打。

从第一局开始哐哐得分的文献，出人意表的打法、大快人心的打法、火药味十足的打法，这些都能带来不同的感动。跟棒球一样，看文献要始终绷着一根弦。然而，它也不一定会带来感动。

有时一篇论文就凝聚了九局比赛，有时九局比赛分散在整整一年的时间里。自从理解了这一点，论文越是难懂，我就越心怀期待。

“一个标点都不能错过，说不定在哪里就会碰到让我醍醐灌顶的话语。”

痛苦是通往感动的序章。

坚持是对感动的期待。

专注是对感动的执着。

在这个过程中，会遇见许多话语。

> “区别”与“歧视”并非不同的两种行为。区别是最恶劣的歧视。（驹尺喜美、小西绫，《魔女的审判》）

研究者从《古事记》研究到《朝日新闻》，用庞大的数据证实了这个结论。

为研究投入的无尽尝试最终汇集成了这句话。在为这句话感动之余，我又进一步拓展了“自明性领域”（上野千鹤子,《“我”的元社会学》）的界限。

以往不曾看到的东西，变得清晰可见。

别人不给我看的东西，我也看得一清二楚。

感动让我发生了变化。也许，我听见的“扑通”声就是自我发生变化的声音。或者可以说，人唯有通过感动，才能实现变化。

而越了解“感动”的喜悦，我就越无法容忍这个独占了变革之喜的封闭的学界。

春假结束，第三年的主题是“社会性别分析的理论与方法”。后排的学生戳了我几下。

“你最好现在举手哦。”

今天要定下本学期的论文报告人。如果可以，我真的想逃避。与生俱来的懦弱使我内心万分纠结。就在那一刻，学生给了我建议。

“这篇论文比较简单。”

“真的？”

等我举起手来，已经晚了。据说比较简单的论文被别人抢走，只剩下没人愿意要的论文了。

“那这篇就给遥小姐吧。”

这是研究生院的研究会，连东大硕士生都避之不及的论文竟然给了我。后排的学生小声叹了口气。

"怎么拿到最难的了！"

我回过头，学生的表情绷得很紧。看到那张脸，我快吓吐了。

不过论文作者是罗兰·巴特嘛，我听说过这个学者。我强打精神，翻开了《符号学》论文的目录。

Langue 与 Parole

Signifié 与 Signifiant

Denotation 与 Connotation

"……！"

再看副标题，"论雅各布森的 Metaphor 与 Metonymy"。

"……？"

一阵恶寒过后是抑制不住的狂笑。我咬牙切齿地憋着，身体都快抽搐了。要理解这些东西，真是想想都叫人头晕目眩。

不过，我并非头一回有这种感觉。这让我想起了当初的《单一民族神话的起源》。

每天不断寻求的答案往往在最意想不到的地方露出头来。万万没想到，大日本帝国时代的政策竟然藏着我要找的东西！当时日本利用的民族神话以反面教材的形式告诉我们：与他人相会时不能逃避，我们应该努力做些什么。

在人类生活中，一定程度的类型化是不可避免的。

> 但是，如果忽略了直面彼此、一点一点创造类型的努力，只受到最轻微的接触冲击就逃向神话的形成，试图用单一的故事来覆盖整个世界，就是给对方施加压力，令其归于乌有。这种逃避正是一切神话的起源。（小熊英二，《单一民族神话的起源》）

现代社会依旧保留着大量神话。历史告诉我们，活在神话中，就是怠惰与软弱的证明。

我要找的东西也存在于《“我”的元社会学》中。通过专业的社会学家的课题，我明白了“经验”的意义。

> “经验知”并不意味着经验的绝对化。这个“经验”为何是这样，而不是那样？这个经验“不是这样的可能性”是否存在？这样的疑虑并没有质疑经验的“确定性”，但质疑了经验存在的其他可能性。我们将这种构想能力称为“自由”。（上野千鹤子，《“我”的元社会学》）

没有构想能力的经验不能成为“知”。“自由的构想能力”，这才是不会重蹈覆辙的关键。

该怎么办？我该怎么才能得到？

答案就在我一边叹气一边硬啃的《方法的序论：全面战和系统整合》这本书里面。它介绍了“战争”带来的、基于各国社会形态的历史性警告。

> 个体必须从社会要求的共情和参与中后退一步，持有自我的秘密时间或自由空间，以做出基于自我责任的判断。这种秘密时间和自由空间，(中略)是保证自我得以能动地决定态度的基本条件。(山之内靖,《方法的序论：全面战和系统整合》)

人必须拥有独处的时间,必须能够自由地思考。不妄断、不逃避、不嫌麻烦，要直面他人。

这种看似理所当然的思考与行动是何等重要又何等困难。而一旦回避了这种思考,等待我们的将会是何等的悲剧。

我从这些乍一看毫无关系的地方汲取到了这个信息。其实，许多研究者从很早以前就开始对现代的我们发出疑问。

莲实重彦评价大学时说:“这是无数死者的记忆交织而成的特权性的知识空间。”(《知性的求索》)

那些已经亡故之人所做的社会研究勾勒出了与文献数量同样杂多的人类面貌。从不同的角度去理解，就会呈现出其复杂交错的多面性。

说复杂是“复杂”很简单。将不能一概而论的东西定义为“不能一概而论”也很简单。可是,它们教会了我们什么?

> 人类既愚蠢又崇高，我们必须知晓这两个侧面的存在。(上野千鹤子,《发情装置》)

那么，如果已经知晓了这两个侧面，又该如何面对如此复杂的“人类”？

求同存异不需要神话，只需要一点坚强，以及睿智。（小熊英二，《单一民族神话的起源》）

曾经，上野教授对我说：“未来，一切将会归为一线。”

以上说的这些是我对整整四年所读文献的总结。今年，则是我研读文献的第五年。

在高深晦涩的符号学中，研究者发现了什么？这些发现又如何与既有的知识连为一线？

春假结束后的一天，我拉住那个去拜访了麦金农的学生问道：“听说你去见麦金农了？”

“对呀！”

“见她干什么？”

“跟她吃了饭，还合影了。”

“就这些？”

“嗯，就这些。”

话语会带来感动。

学问是感动的宝库。

既然粉丝可以去看明星运动员的比赛，想去和伟大的歌手握手，当然也可以去拜访心仪的学者。我们可以邀请朋友一同观看激动人心的比赛，跟恋人一起参加感人至深的演唱会，当然也可以向许多人分享令人感动的学问。

数不清的问题尚未得到解答，但我还是希望在探寻答案的道路上，能够与更多人分享邂逅的感动。

因为，我可是个爱叫爱闹的“艺人”啊。

引用文献：

小熊英二，『単一民族神話の起源』，新曜社，1995年

山之内靖，「方法的序論—総力戦とシステム統合」，山之内靖ほか編『総力戦と現代化』，柏書房，1995年

駒尺喜美、小西綾，『魔女の審判』，エポナ出版，1979年

上野千鶴子，「〈わたし〉のメタ社会学」，岩波講座・現代社会学1『現代社会の社会学』，岩波書店，1997年

上野千鶴子，『発情装置』，筑摩書房，1998年

蓮實重彦，『知性のために』，岩波書店，1998年

弗洛伊德、巴特与时尚杂志

我猛地回头说道："救救我！"

后排的学生们一脸呆滞地看着我。

马上就要轮到我做报告了。文献是罗兰·巴特的《写作的零度》。

这个标题很浪漫，可以直接拿去给古典音乐命名。然而里面却展开了名为"结构主义符号学"的、从标题根本无法想象的细致分析。

距离报告会还有一个月，迟迟没有进展让我格外烦躁。我一边读别的文献，一边准备自己的报告，竟然意想不到地花时间。理由很简单——看不懂文献。

虽说我早已习惯了看不懂文献，但这份文献的量也很惊人。着手准备之后，我不禁后悔自己竟对如此难啃的东西出了手。

研究会的报告就是批判文献。可若是看不懂，就无从批判。而根据以往的经验，我知道让我痛苦的东西也会让别的学生痛苦。

事实果真如此——日子一天天过去，参加研究会的学生渐渐减少到了稳定的数量。有的人跟不上，有的人不感兴趣，有的人放弃了，有的人害怕了。看来并不只有我一个人看不懂。这让我安心了些。

然而，我实在是看不懂。基本来说，我是个粗略理解的专家。上电视的工作中，人的话语也是极度暧昧含糊的。我的工作就是大致把握难以理解的话语，在短时间内让其变成一个完整的谈话节目。因此"大致理解的能力"是我吃饭的本领。让它听起来像那么回事，这很重要。

语言具有不确定性，一旦说出口就开始消失、发生变化、遭到遗忘。同一个人不一定能重复完全同样的话。绝不可能存在完全的、确定的表达。但是，交流必须用到语言。

巴赫金认为："没有符号化的体现，就没有经验。"(《语言与文化的符号论》)明知其不确定，也只能使用。如此一来，就必须具备大致的理解力。

现在，我身为这方面的专家，却看不懂文献。"救命！"学生们看到我走投无路的样子，可能觉得这样下去真的不太行，于是后排的三个脑袋凑到了一起。

"所以我一开始就阻止你了呀。"一个人说。

"你怎么不用力阻止呢？"我说。

"可是已经选到你了啊。"

“有没有简单点的参考文献啊？”

“有啊，那个怎么样？”

不知不觉，教室里的人已经换了一轮，连讲台上的教授都换了。我们慌忙走出教室，在走廊上围成一圈。

“那本书在哪儿能买到？”

“到处都有卖啊。”

“到处是哪里？”

“附近的书店。”

“附近是哪里？”

我不依不饶，皆因早已吃过大亏。这里的常识跟我的常识对不上号。这里说的“附近”和“到处”，在我眼中等于“得一通好找”和“碰运气”。

曾经，我试图在大阪购买课上用到的书籍，但是连很多大书店都见不到。最后只能通过书店订购，等了一周才到货，不得不通宵读完。我真的怕了。

这次没想到，在生协的图书部就买到了书。那是大学边缘的一座陈旧石砌建筑，里面不知为何充斥着游泳池的气味。原来地下就是体育部专用的游泳馆，书店开在楼上，旁边还有食堂。所以，泳池消毒液的气味、食堂的气味和书本的气味混杂在一起，那种感觉很难形容。我在那股子怪味中找到了罗兰·巴特的书。足足有五本。

真的一点都没费劲，真的就在“附近”。旁边还理所当然地摆着弗洛伊德和福柯。《哲学解释》《看见不可见》，这些一看就让人头痛的书竟摆在随手就能拿到的位置。如此晦涩难懂的书竟不需要叫店员拿梯子去够，更不用专门订购，真的就摆在“附近”，我不禁大呼佩服。

要说它有多“附近”，我从弗洛伊德那边转过头，就能看见 *an・an* 和 *With* 这种时尚杂志。

《哲学解释》的对面就是《究极蒟蒻节食法》和《赶走皮下脂肪》。在这里，学术论文和减肥的书被分在同一个类别里，正如我亲眼看见的东大学生。这里的书籍区域就是我所熟知的东大学生的头脑内部。

我拿着罗兰・巴特的参考文献，对学生千恩万谢地坐上了新干线列车。

这段时间我身体一直不好，总是觉得疲劳，容易受寒，连呼吸都很痛苦。明明有很多东西要学，我却总是一回过神来就在呆呆地盯着电视，心中万分自责。其实我没病，身体健康得很，可就是很累。

我忍不住给同期出道的艺人发了邮件。

“是不是老了？”

再辛苦也得死撑，反正这早已不是新鲜事了。工作也一样，如果不得不做，那就只能死撑着做。就算辛苦也不是做不了。

我很羡慕只要病了就能请假的工作。艺人不一样，就算住院了也不能休息。我已经有过不知多少次拔了点滴就上镜的经历。大家都这样。通过经验我学到了一件事：再怎么辛苦，只要死撑着，就能做。

于是我开始了，然而却做不到，是睡魔阻碍了我。我的睡眠很充足，可是一旦开搞，就会瞌睡连连。这种情况始终无法改善。

一般来说，晚上十二点到早晨六点是我的学习时间。但是那段时间，我到晚上九点就已经睁不开眼睛了。无论怎么睡都很困，太伤脑筋了。我浑身冰冷，硬撑着不睡觉坐在椅子上，实在太痛苦了。我只能冲了杯咖啡因爆表的咖啡，大口痛饮，回到书桌前继续。

然后，我发现了自己的异常。喝完咖啡因爆表的咖啡，十分钟后我已是鼾声如雷。

我不知如何是好。对着书桌学习，如果没有一点动作就会睡着，所以我决定喝点什么。喝东西只会用到左手，可以空出右手看书写字。

我喝光了家里所有饮料，最后只剩下花草茶。花草茶有放松作用，与咖啡因的刺激作用完全相反。我已经如此瞌睡连天，再放松岂不更糟？虽说如此，我还是得保持喝东西的动作。于是，我喝了一口花草茶。变化极为明显。我的身体突然变轻了。

“嗯？”再喝一口，不知是否是错觉，睡意似乎减退了。

实在是搞不懂。咖啡因令我鼾声如雷，有放松作用的花草茶却能让我警醒。我不关心理论。在芳香疗法中，具有放松作用的不仅是花草茶，主要还有柑橘类。我把这当成了救命稻草，全身洒满柑橘类的香水，大口吞咽花草茶。然后我明显感到，睡魔离我而去了。

后来，我每天只要一瞌睡，就隔十分钟喷一次柑橘类香水，保持学习状态。后来我听医生说，那其实是身体的防御反应。一旦受到过大的压力，身体就会强制产生睡意，令大脑不再思考。若不这样，就会对正常的精神状态和大脑的神经作用产生恶性影响。因此只要排除了压力来源，就能够挣脱睡魔。

这已经超出了咖啡因的能力范围。若原因是压力，难怪有放松作用的东西反倒能醒神。

最让我惊讶的是，自己竟能如此努力学习，以至于出现了神经紊乱的症状。当时我并没有发现，只觉得每天都很累。学生给我发了不少加油打气的信息。

有的人说："做完了吗？干脆你把看不懂的都写下来，当成报告拿去发表？"还有的人说："做好的先拿给我看看吧。"

就这样，我花费一个月时间，总算写完了报告。我交给学生检查，学生花一个晚上写了篇文章发给我"仅供参考"。她写的文章比我耗时一个月总结的东西更有条理。太丢人了。

写完的兴奋没能持续多久，我又开始改稿。明天就要做报告了。那个学生也陪我改了一个通宵。我认为，既然还有上升空间，就理应拿出更好的东西。

怎么写都写不完，怎么读都读不懂，我很快就双手抱头，三更半夜在床上打滚，发出了无声的呐喊。现在回想起来，真的很不正常，难怪身体要强迫我睡觉。

报告当天，给我发邮件的学生走过来说：“如果有人提问，你千万不能解释。要用问题回答问题。”

“你只要说‘我不懂你提问的意思’就行了。那样就会轮到对方着急。”

她们就像送拳手上场的教练。不仅是我，每个做报告的学生都会特别紧张，有的人甚至还会在当天病倒。

教授一度很担心地问我：“那个学生是因为害怕我，所以病倒了吗？”

这个问题问得太好了。

也许有的学生来上这堂课后，第一次体验到了足以令人病倒的恐怖。教授可能没发现，其实那个学生一直在无声地做着口型：“好可怕，好可怕。”

“要是你们觉得我不行了，一定要帮忙……”我有气无力地留下这句话，走上了讲台。

事实上，我被批驳得体无完肤。但是，没有一个人救我。不对，应该说没有一个人救得了我。因为将我批驳得体无完肤的人就是上野千鹤子。

“你解说一下罗兰·巴特在符号学领域的地位和功绩。”整个教室的人都倒抽了一口气。

我怎么可能说得出来。我连一篇论文都看不懂，要跨越历史去理解他简直是强人所难。我试着说了自己了解的内容，但只换来教授的叹息。连我自己都明白，这场报告是搞砸了。

现实不是电视剧，很多时候过程再怎么励志，也得不到好的结果。我只不过亲身体验了一把并不罕见的现实。

“我认为，巴特解构了分析的书写方式。”一个学生打破了沉默。教授说道：“这是很常见的书写方式，没什么稀罕的。”

讨论到此结束。不堪一击。一切都那么徒劳。肯定是因为我的报告不好，所以才讨论不起来。我感到万分沮丧。下课铃声响起，我跟着没能出手相助、显得很不好意思的学生们一起离开了教室。

走出白天也很昏暗的教学楼，初夏的阳光格外刺眼。我们背对着安田讲堂的大钟，走在郁郁葱葱的林荫道上。现在是一年中最好的时节，我的心情却无比灰暗。

“对不起，没帮到你。”学生说。

“没关系，那毕竟是上野教授啊。”

“可是，教授为什么对你这么严格呢？”

“我也不知道。”

“无论你做什么，教授都要生气。不过有的学生做什么都会挨骂，有的学生做什么都不会挨骂。你想当哪一种？”

“非要选的话，我选择挨骂。”

“对吧？”

面对那些不知所云的安慰，我自己也糊涂了。学生们还在谈论研究会的事情。

“对了，有个学生提到了解构吧！”

“真的！哇哦！”学生们笑翻了。

“我旁边那个人还问结构主义是什么呢！”

“哇哦！”

大家都笑了。我不明白笑点在哪里。

这一年从一开始就在探讨结构主义，但有的学生还是不明白。这明明是好多博士生都来参加的研究生院研究会，我觉得很不可思议。

曾经，我见到东大生就怕。我想起那时上野教授的吐槽：“学生啊，什么都不懂。”

“对那个问结构主义的人，你是怎么回答的？”

“我说你看这个就懂了。”

学生得意地拿出了《结构主义入门》。我想，这也不太行吧。早就应该消化吸收这本书，更进一步了。她怎么还带在身上？

混乱的环境和混乱的脑袋让我无所适从，我决定回家。以前总能看到学生做完报告铁青着脸自己先走，现在我总算理解她们的感受了。但不管怎么说，报告总算是做完了。虽然没成功，但经过这次挑战，我明白了自己的界限。莲实重彦如是说：

所谓知性，首先必须有明白知性界限的能力。只有

当语言接近可论与不可论的临界点，方能发挥出真正的力量。(《知性的求索》)

那么，我看到的界限就是理解能力的界限。就算能把文章倒背如流，我也无法“理解”。一行字我能理解，一个章节我也能理解，但是拓展到一本书，或者那个学者想要做的事情、没能做到的事情，我就理解不了。

也许，我的理解力有点像近视眼。

经过这一次，我发现了自己能理解的事物与无法理解的事物之间的界限。也许，我能否完成自我的提升，就要看能否跨过这条线。

学习到了极限，我发现的就是自己的愚蠢。本来我的学习就从愚蠢起步，最后明白的事情，还是自己的愚蠢。我从一开始就知道这个事实。兜兜转转，竟回到了原点。

我喊出“救命”这两个字时碰巧坐在后排的学生后来这样对我说：“遥姐，我应聘上了电视台的工作！”

“真的吗！太好了。”

“遥姐，你也在那个台做节目吧。”

“嗯，我们要成同行了。

“我不是说那个，只是想问问遥姐，上次做报告时，你该不会还在做节目吧？”

“嗯。”

那一刻，她发出了大声的惊叹，让我感慨人类居然能发出这样的声音。

“呜哇啊！！哇啊啊！！呜哎！！”

我很高兴。我的同行都对这件事不感兴趣，这里的学生又不看电视，因此不了解我。一直以来，没有一个人能理解我所面对的是多么离谱的挑战。与此同时，我也不需要任何人的理解。可是那天,终于有个人能切身体会我的处境了。

我想，原来如此。若那一天我不回头喊“救命”，就不会结识那个学生。那竟是个如此喜欢电视，甚至要去电视台工作的东大生。

她的惊叹声在我的耳边回荡。为了奖励自己做完了报告，当天我买了好几本时尚杂志，在地上——短短几天前还在上面双手抱头滚来滚去——躺成“大”字，翻开几乎全是图片、没有几个字的书页，高兴地吃起了点心。

就这样一直玩到了天亮。

我再也用不着花草茶了。

引用文献：

ミハイル・バフチン，『言語と文化の記号論』(1929)，「第二部第三章　言葉によるコミュニケーション」，北岡誠司訳，新時代社，1980 年

蓮實重彦，『知性のために』，岩波書店，1998 年

第三部

如果非要批判东大……

看到“遥洋子大学执教”的新闻标题，我忍不住叹了口气。

“毫无真实感啊……”

在东大的学习迎来第三年，我得到了在关西某大学教授社会性别论的机会。把我介绍给上野教授的老师想让我在大学出道。

要问为什么没真实感，因为那是我曾经没考上的大学。我的心情万分复杂，真是人活久了什么都能见识到。报纸上还说：“在东大师从上野教授。”

在此之前，因为人们的反应过于尴尬，我没怎么对别人提起过“东大”。这两个字说出来的瞬间，就会有一阵寒气飘过。被登在报纸上之后，更加印证了我的判断。

我周围的人开始回避这个话题，避而不谈。因为被写在报纸上，它竟成了禁忌！

这到底是怎么回事？现在我还每天被文献淹没，勤勤恳恳上学。我究竟做错了什么？我做什么丑事了吗？眼前是无可辩驳的现实，我从周围的反应中嗅到了他们的怀疑。那种感觉越强烈，我就越缺乏自信。

我咨询了工作上的智囊团。结论是“瞒着”。说出来没好处，只会招来反感，跟我的艺人形象不符……

往返于东京和大阪时，我在新干线上遇到了出演同一档节目的艺人。“我现在是学生！”三十多岁的她高高兴兴地拿出了自己的大学课本。

许多艺人十几岁就出道，常有人会等到工作稳定下来再回到学校学习。我很想说我也是，很想让她看看那一大堆文献，但我没敢这么做。跟她在站台上闲聊时，我不动声色地夹住了挎包开口。那种感觉有点像自卑。

为什么？我为什么会自卑？因为一说出来，我们之间可能会产生奇怪的氛围，导致莫名其妙的紧张感。一想到这里，我就没敢说。在那种气氛中坐三个小时的车，实在太痛苦了。

第三年，东大迅速变成了我的秘密。

“老师，学习对我来说可能不算提升。”一天夜里，我对上野教授说了这句话。当时周围没有别人,只有我们两个。

“什么意思？”

我说出了自己的困扰。身在演艺界，每个人听到这件事都毫不掩饰困惑和厌恶，最后完全回避话题。我得不到任何称赞、支持，甚至没有人提问。我只会被无视。

“那你就笑话东大，”教授对我说，“你不笑话东大，别人也笑不出来。我能理解你身边人的反应。东大作为学术权威，难免招致反感。首先，你要主动笑话东大，来跨过这条界线。”

教授确实总笑话东大。有一次她见我坐在教室角落哭，就走过来对我咬耳朵：“东大生也是笨蛋。”

有一次，京大的学生问：“和东大生比如何？”教授训斥道：“做人要有自尊！”

正因为她是东大的教授，所以能笑话东大。

她能用理论将学生逼入绝境，玩弄于掌心，甚至将他们击垮，所以能笑话东大。像我这种学了几年都不长进，只能靠别人呵护着完成报告的人，若是笑话东大，就等于笑话平时那么关照我的教授和学生。

“我笑话不了。”我如实回答。

“为什么笑话不了？”教授盯着我问。

“因为我知道我们之间有着绝对的能力差距……”

那一刻，教授的目光突然变凌厉了。本来低沉平和的声音瞬间强势起来。“那你倒是说说，你跟东大生究竟哪里存在你说的绝对的能力差距？”

那是我早已见惯的迎战状态的上野千鹤子。于是，我也摆出了身经百战后习得的一咬牙一跺脚的姿态。

“你说说看，绝对的能力差距在哪里？”教授追问不休。

我的心在哭泣。我一哭，就会变得像小孩子，连敬语都顾不上说。“大家都知道好多我不知道的事情。”

“那顶多算学识，不能算能力。还有呢？还有什么能力差距？”教授光用话语就把我逼到了墙角。

“我说一，大家就能理解到十。在我工作的地方根本不会这样。工作的时候，我总是气得大吼大叫，在这里却不会！”我在心中已经开始号啕大哭。

教授加重语气，打断了我的话：“那可能是因为他们跟着我做了很长时间的研究，只是身为内行人容易听出门道而已。这也不能算能力。还有呢？还有什么？”

我头一次看见教授在一对一的状态下这样训斥别人。

“我就是个笨蛋啊，能当大学讲师吗？我都没考上那个大学！”

“那是因为大学在你十八岁的时候没能预见到你的能力。那是大学的问题，并非因为你没有能力！”

日本的偏差值[1]教育在十八岁就确定了一个人的位置。那已经成了极其普遍的衡量能力的标准。教授却没有说“你十八岁的时候是个笨蛋”。

我的哭喊已经变得支离破碎。“为什么？为什么老师要

---

1 偏差值：日本以偏差值的形式衡量每个学生的成绩水平，该数值与试卷难度和考试人数无关，而是体现了学生在所有考生中的排行。偏差值通常以 50 为平均值，100 为最高值，25 为最低值，60 以上可以考上较好的大学。

当东大的教授啊？如果你是普通大学的教授，我就能到处说！我就能堂堂正正地说，不怕别人有偏见！我好不容易能跟老师学习了，不过因为老师刚好在东大，别人就用奇怪的表情看我！用奇怪的表情看我！！”我已经哭到打起了嗝。我真的无数次想过，如果不是东大就好了。

如果不是东大，我的学习可能就不会那么困难。如果不是东大，我可能就不需要那么在意别的学生。如果不是东大，我学到的东西或许就能更多地反映在工作上……如果不是东大……

教授叹了口气，对我说：“如果我不是东大教授，而是不知名大学的老师，那又怎样？你可以到处去说自己在跟一个叫上野的人学习社会性别论，那又如何？能有什么好处？东大是学术权威，这点无法改变。大家都把你当成权威的走狗，所以产生反感。既然如此，那你就变成真正的权威，做大做强啊。到时候就没有人对你反感了。你要多利用东大这个名头。为此，你必须变成一个能笑话东大的人。”

接着，她无奈地摇摇头，却没有放弃追问。

“还有呢？能力的差距在哪里？”

我低着头说道：“我跟老师也有能力的差距。我觉得自己一辈子都追不上你。这算是能力的差距了吧。”

我一压低声音，教授也压低了声音。

“我什么地方让你有这种感觉了？”

我说出了自己的感受。老师总是能从多个视角分析问题，总是能提出突破常识的设想，总是能从数量庞大的信息中发现矛盾，等等。

有一些问答，教授可能早就忘了，我却记得很清楚。当时的感动有多强烈，后来的打击就有多大。她指出的问题都是我花一辈子也不可能发现的。

教授抬起右手撩了一把头发，默不作声地低头倾听。

我提问道："老师是生下来就这么厉害吗？"

瞬间的沉默，接着是直击鼓膜的刺痛。教授放声大笑起来。她笑得那么大声，震得我耳朵生疼。

"生下来就这样，那还得了！"

然后教授给我分析了我说的那些能力。她在漫长的岁月里参与了无数场极其激烈的讨论，那些讨论是何等卑劣、阴险、周密、狡猾、尔虞我诈、傲慢、扭曲、充满偏见……她在那里得到了锻炼，所以才有今天的成就。

"所以就是实践经验的积累吗？"

教授继续解释：学问就是训练。社会学是怀疑既存结构的训练。法学是法律框架内的训练。每一种学问都是不同的专业训练。只要积累了很多"怀疑"的训练，就有可能提出突破常识的设想。接着，教授又说：还有比训练更重要的东西，那就是直觉。

周遭的环境阻碍了人的视界，让事物变得模糊不清。有一种能力能够穿透模糊不清的环境，直击另一端的事物本质，看透其核心。那就是直觉。有了这个能力，剩下的工作就只是将脉络（环境）可视化、文字化。这些都可以通过学习和教育来完成。

最后教授露出了笑容。每次教授露出笑容，紧随其后的都是残酷的话语。

“无论掌握多少学识，接受多少教育，若没有敏锐的直觉，那么学一辈子都没用。”

接着，教授重新看向我：“你有这个能力。”

然后又凑过来问我：“再说了，你在这儿学了几年？”

“三年。”

“我做这行几年了？”

“三十年。”

教授露出少女般的笑容，这样说道：“你要是能跟我一样，那谁受得了！”

我总算能笑出来了。一旦心里有了余裕，敬语也重新上线。

“还有什么能力差距？”

“没有了……”

一把抓住学术道路上的障碍将其制伏。教授这样的英姿让我联想到苏利文老师和海伦·凯勒。我本来就在能力上有自卑情结，而东大这一意料之外的权威加剧了它。教授干脆地将这一恶性循环的构图摆到了我面前。直到最后，她都坚持“能力没有差距”，一步都没有退让。

教授为我做的事情是逐一质问我内心的刻板观念，促使我重新建构自己的思考。我每次都会痛得大哭大叫。质疑框架、打破框架的行为，对被质疑、被打破的一方来说，就是暴力。但是这一连串行动与浩如烟海的文献所体现的研究者们的行动相同。

上野用研究者的身份对我说："我不允许任何人半途而废。"

这并非上野独有的态度。文献中体现出的研究者们的态度都绝不是点到即止、敬而远之、过后再说、视而不见。他们检验了自己能收集到的所有信息，用尽了自己知道的所有方法去论证，以堪称执拗的坚持去揭穿自己锁定的目标。每个人都有揭穿的自由，但是被揭穿的一方绝不会好受。换言之，越是优秀的社会学者就越暴力。

教授让我成功体验了一把社会学的实践。不是停留在理论层面，而是在实践中积累对社会学的运用经验，只有这样的人才能将研究对准自己。那个瞬间，其暴力性质就会令它对自己露出獠牙。

没有任何社会学的实践不伴随痛苦。我用自己做材料，掌握了学术的使用方法。

我出生在大阪，从小就浸淫在"用为先"的文化中。无论多么昂贵的东西，用不上就是垃圾。所以每次买东西，我都会反复扪心自问："我真的会用吗？"这回，我哭着发现的事实是——"哦？原来要这样用啊"。

东大是学问的宝库。可是，这里究竟有多少学问"被使用”了？会不会存在从来不被使用，却在不断被生产的学问？还是说，有人独占了那些学问的使用权？但我至少可以肯定，那些“知”没有被普及到民众中。你瞧，我不也没告诉别人吗？

没有“知”的供给，就不会有需求。虽然不知道供与求谁先存在，但似乎可以肯定，“知”被汇集到了一个特权的领域。

为什么会这样？是谁？为什么要这样做？谁由此获利？分配具有使用价值的“知”，这所大学里究竟有多少人明白其必要性和责任？归根结底，这里有几个学生能运用学问？他们知道怎么用吗？知道怎么教吗？

列维-施特劳斯说：“部落为交换女性而存在。”马克思提出了“使用价值”与“交换价值”的区别。

桥爪大三郎说：“物品不是因为有价值而被交换，而是因为交换才产生价值。”（《结构主义入门》）

女性和金钱，这两者的本质不过是动物和纸片。唯有进入交换系统，一切事物才具有价值。

那么，知识呢？不被交换的知识是否有价值？学问的使用价值能在不做交换的条件下普及吗？连我都是因为感受到知识的必要性和责任才坚持到了现在。那么，这里的学生，这些被选中在特权领域中畅游学海的人，有这样的自觉吗？

这所大学的（时任）校长莲实重彦曾经这样说：“知性

是走向肯定的积极天性。”(《知性的求索》)

走向肯定的权利，难道只有被选中的人才能拥有吗？

“人类的知性理应让我们领会到，现在这个时代，是要求每一个人大胆面对变化的时代。”（同上）

确实，社会的龟裂正是渴望走向“肯定”的征兆。

“我们普通家庭主妇都是笨蛋。”一个老友对我说。

“我们”是指哪个主体？普通又是什么概念？只因为我开始去东大上课，对方就说自己是笨蛋。显然，东大这一权威引发了他人对我的反感。我们头天还是好朋友呢。

“我也是笨蛋呀。”我只能这样回答。

自从开始接触社会学，语言在我耳中就变化了形态。曾经我自以为完全理解的话语突然变得莫名其妙了。我对话语中的杂音变得很敏感。而人们无知无觉地重复着那些包含杂音的话语。

其实杂音中包含着无数的信息。听一个人说话，不是一味关注其内容，而是留心其中的杂音，反而能看出说话者的观念，以及促使他形成那种观念的环境。

“因为我是笨蛋，所以要向你请教：为什么家庭主妇这么苦？”有朋友这样问我。

“现在我知道了什么是社会性别。可是，我把孩子送到托儿所，自愿来到这里，心里却很痛苦。请问这是为什么？”演讲结束进入问答时间时，一位听讲的家庭主妇这样问我。

还有人给我写信:“就算了解了社会性别论，也受不了每天听婆婆说我的孩子是赔钱货。有没有办法缓解这种痛苦呢？”

我要声明，我只是一介艺人。现在，却有无数渴望知识的手向我伸来。我该如何利用学问？那些永无休止的求知之声让我忍不住堵上了耳朵。

若不传播方法，那么无论普及多少知识，现实都无法得到改变。为此,我移开了目光。向着“肯定”而“积极”“大胆”地“变化”，这事就像一阵巨浪，快要将我拍死了。莲实说得没错。可那是我的工作吗？是我一个人的工作吗？

罗兰·巴特说:

> 我们需要不像符号的符号。翻开小说、报纸，打开电视机，这些行为都很贴近生活，随处可见。然而，正是这种琐碎的行为让我们共同具备了其后必不可少的故事代码。(《叙事作品结构分析导论》)

上电视说话这种行为本身相当于强化了某种代码。我们真的能承担得起让人们“共同具备”某种代码的责任吗？

校长希望东大学生能这样做，希望东大学生成为“促进社会变化的积极个体”。但实际上，东大是培养研究者的机构。假如学生毕业后进入高校就职，那不过是让知识移动到了另一个特权领域而已。这就是知识的特权化。

学生结婚进入家庭，就是知识的私有化。

就算走出社会，如果不做交换，也是在独占知识。

当然，每个人都有选择生活方式的自由。可是，这里面真的不存在知性的责任吗？我们的最终目的究竟是追求知识，还是使用自己获得的知识？

有个词叫拜金主义，那么我说的就是拜知主义。金钱和知识都要被使用才能实现价值。东大与民众之间存在的并非简单的裂缝，而是鸿沟。

我在东大寻求知识和高超的讨论技能。但是，研究会的教室与真实社会之间存在着决定性的差异。

研究会有讨论，真实社会上也有讨论。决定性的差异在于，研究会的讨论者都会等待你的反驳。在论者开口前，每个人都会耐心等待。在研究会上，意见交换是一种可行的常识。论者置身于那种常识，可以奢侈地“选择”话语。

而在真实社会中,没有人会停下来等你。不仅是演艺界，只要在专业领域，其背后就难免有金钱的介入。每个人都处在不惜伤害别人也要获胜的环境中，无论谈话节目还是会议都如此。在此之上，女性还被迫承受“给男人面子”这一多余的压力。

身在这种环境中，有谁会等你说话？每个人都不会给对方反驳的机会，哪怕背上卑鄙的骂名也要让对方闭嘴，只求自己一个人能大出风头，谈成下一份工作。在竞争的背景下，谦让对手根本不是美德。

那些因为一点小事就大发雷霆的老爹也情有可原。那是为了生存，为了金钱和自尊而大发雷霆。

而每次看到保持笑容和谦逊，发言时尽量不伤害对手的女性，我都会想："你还顾得上这个！"一旦采取了那样的姿态，就注定要失败。

从专业的角度审视，她们缺乏正确的认知，不知道在什么场合怎样表现能得到赏识。讨论进入白热化阶段，"女人味"就成了最碍手碍脚的东西。

一名女性议员在国会会议上遭到男性议员的驳斥："你这婆娘不也离婚了吗！"

她回答："你不应该对我用这种没礼貌的称呼。"

这叫反驳？反驳难道不应该是这样的吗？"你这油腻秃顶呆头鹅没资格说我！"

在无法形成讨论的土壤上，敬语还有什么意义吗？既然真实社会的讨论是发言权的争夺战，那么这里就几乎不存在"选择"话语的余地。人们只能完全依靠反射神经。

如此一来，失言就不可避免。重要的是，如何"掩饰"自己的失言。说洋气点，就是如何"follow"。

如果害怕失言，就无法发言。说什么都需要技术。

在无人停下来等待的场合中发言的技术。

避免男人突然插嘴的技术。

应付失言的技术。

等到掌握了所有的技术，方能提出"意见"。并非要靠提意见取得胜利，而是必须取得胜利，否则就提不出意见。

在这一点上，东大的研究会就有着奢侈的、致命的不同。这样的奢侈甚至会影响每个人存在的方式。比如声音。这个因素也让我感到了真实社会与东大的决定性差异。研究会上总能听到“我听不清”的喊声。那不是几百人的大教室，而是仅仅数十人的研究会。由此可见，学生们的声音普遍很小。这意味着什么？这意味着，每个人都以“听你说话”的善意为大前提。每个人都被允许保持自己本来的样子。“听不见也无所谓”和“绝对要让你听见”，这两种心态之间存在发言动机的差距。

如果来到一个没有人愿意专门听你说话的环境，又会如何？声音自然会出现差别。而且，这个差别还不只限于声音。

移动视线，以求传达给更多的人。

调整说话的速度，以求让更多人能理解。

采用简洁的表达，以求让更多人能够明白。

梳妆打扮，以求让更多人关注自己。

为了自己的发言能被人听到，人会不择手段。

社会现实就是，有些事情“做自己”根本行不通，必须不惜一切去迎合，也要让对方听见自己说话。与其让别人理解“这样的我”，不如改变自己而更快达成目的。

世上不存在包容女性发言的善意空间，这才是大前提。所以要用到技术，且只能拼技术。

首先要掌握技术，否则别想参加讨论。

个体存在的方式会因技术而出现差别。声音小，就没有存在感。在社会上，人为了表达发声必须不择手段；在东大，人们却都愿意倾听你说话。在这一点上，我深感东大的环境是多么奢侈。

这些不同让我万分感慨：东大与民间的差异真的不是一丝裂缝，而是巨大的鸿沟。二者是没有连续性的、割裂的世界。

我一直认为是学问在传播上的时差造成了知识的偏差，实则不然，那早已是固化的差异。人们通过义务教育掌握了读书、写字和计算，这样就够了？真正的学习，难道不是从掌握了那些之后才开始的吗？

桥爪说，理论是“人在为复杂问题烦恼时，为思考提供助力的存在”。（《结构主义入门》）所以，“理论真正的难能可贵之处，在遇到问题后方能领会”。（同前）

将大多数不得不投身于劳动，却无法获得知识的分配，处于没有闲暇思考的环境中的人固化为一个阶层，究竟是谁得到了好处？想到这里，我又发现了统治与被统治的结构。

顺带一提，在1996年的东大博士中女性比例占21.9%，然而导师中的女性比例却只有6.6%。（《东京大学的现状与课题2》，东京大学出版会，1997年）东大如何解释这种社会性别的变化？它还能断言知识的占有不会使社会性别秩序固化吗？

知识集团乍一看是不存在歧视的理想国，但是跳出框架重新审视，就会发现框架本身便有着赤裸裸的歧视结构。

那么，教室里的平等究竟有多大意义？跟知识一样，在教室之外不存在流动、不存在交换的平等，究竟有多大的价值？

假如知识被拥有特权的权威集团占有，那就跟经济和政治的运作方式相差无几。

上野说："知识是政治，知识的再生产也是权力作用的过程。"(《"我"的元社会学》)

知识、经济和政治的当下形态是现代民族国家的必然产物。既然它是民族国家的一个装置，最熟知其危险性的上野，在面对如何让女性主义避开与国家的牵连这一问题时，又会怎么做？

上野的手段面临着考验，正因为她手握知识的最高权力。

在我看来，上野千鹤子以一种毅然决然的态度，小心翼翼地行走在现代国家充满嘲讽与胁迫的浊流之中。上野的直觉将使她像过去众多研究者那样，永远在钢丝上行走，直到生命的尽头。

我注视着她的背影，对她的直觉深信不疑。这就是我的直觉。我带着被上野培养起来的批判精神，始终注视着上野。

我们艺人、东大学生、东大，还有上野千鹤子，究竟创造了什么，还没创造出什么？

引用文献：

蓮實重彦，『知性のために』，岩波書店，1998 年

ロラン・バルト，『物語の構造分析』，花輪光訳，みすず書房，1979 年

橋爪大三郎，『はじめての構造主義』，講談社現代新書，1988 年

上野千鶴子，「〈わたし〉のメタ社会学」，岩波講座・現代社会学 1『現代社会の社会学』，岩波書店，1997 年

吵架十大秘诀

这里，我想列出在东大学到的“吵架十大秘诀”。准确地说，是跟上野千鹤子学到的讨论方法。夸张一些讲，是“耍男人十大秘诀”。

我已经反复提到，讨论就是语言的格斗。媒体和大学对胜负的判断有着很大的差异，关键在于“笑点”和“好感度”。这两点在做学问的场合，完全成为不了正面因素，有时还会成为扣分项。

听众就是裁判，只有得到他们的共鸣和赞同，才能成为“主流”。无论媒体还是学界都如此。这是权力的斗争，两者的目标都是听众。

为了吸引听众，究竟该使用什么样的技巧？

媒体界的讨论结合了“笑点”与“好感度”，因此战况更为复杂。尤其在综艺节目上，无论理论多么明确，只要不好玩就输了。不管费了多少口舌，能在进广告之前引爆笑点的人才算赢家。

那么，真的有时间一步步激发听众的感动吗？并没有。必须一句话正中核心，同时不能招致厌恶。相比血肉模糊的激战，淡然的好感度更能一招制胜。

有时你发表了一篇思路清晰的长篇大论，论证“男人最狡猾”。那男人只需转头问一句：“某妹子，你怎么想？”某妹子再回答：“人家都听不懂呢。”胜利就属于他了。

这是学界绝不可能出现的情况。到了演艺界，面对好感度这一绝对权威，理论的构建何其无力。

然而，既然讨论是一场格斗，被逼到绝路时，无论媒体还是学界，都会酝酿出紧张的气氛。战场之上没有家人、爱人，人人都要豁出去，赌上自己存在的意义去战斗。这种时候，上野千鹤子的教诲就能派上用场。

另外，若是想要一击打破日常生活中碰到的不愉快，上野千鹤子的经验也能派上用场。

简单来说，以下这十条秘诀最适合总是吵不赢架的人。

首先，将战斗分为防守和进攻。让我们先从防守说起。

其一，“防御性厚颜无耻”

你这也叫女人？你这还算个母亲吗？你太自私了……这类社会性别角度的攻击，无论男女都很爱用。若是听了眼前一黑，你就输了。以“可是”开头的反驳是最糟糕的。

这种时候就应该立刻切换厚颜无耻模式，毫不犹豫地说:“自私碍着谁了？”

> “爱”促使女性将丈夫的目的当作自己的目的，使其动员自身的能量。“母性”促使女性将孩子的成长视作自身的幸福，使其献身和自我牺牲。它们是令女性一味压抑自我的意识形态工具。(上野千鹤子,《父权制与资本主义》)

女性最受不了被人斥责缺乏“爱”和“母性”，是个不完整的女人。只要知晓这一切都是被规训的结果，就能泰然处之。

其二，“防御性质问——我不懂”

遭到攻击时，不要进行反驳和辩解，而要针对对方不严谨的措辞和表达提出质问。

重复这种行为，质问就会变为追问。如果能靠一句“我不懂”对峙到底最好。在这个意义上，“我不懂”也是能够转守为攻的关键词。对方越是自以为是，其效果就越显著。可以说，这是一个耍弄对手的绝佳手段。

其三，“防御性质问——○○是什么？”

接上一条的战略，主要针对词语的使用。譬如国家、爱、家庭、婚姻、人种、血缘、母性、本能、自然、文化。

这是对一切意识形态工具提出质问的方法。没几个人能回答上来。就算回答了，只要对方的语言依旧包含意识形态工具，就能进一步从中选取关键词，持续质问即可。

“这能叫一家人吗？”

“家庭是什么？”

“当然是父亲、母亲和孩子！”

“母亲是什么？”

“用大爱守护家庭的人！”

“爱是什么？”

这些质问在挖掘核心的同时，也会揭露对方的无知，从而发挥出进攻的作用。

一些语言往往拥有毫无理由的强制力。相比揭发，让讲述者解释自己的语言更能提高问题的攻击力。

> 神话提纯了事物，令其一尘不染，置身于自然与永恒之中。神话给予事物的并非明确的解释，而是明确的确认。（罗兰·巴特，《神话修辞术》）

也就是说，面对男性那些方便自己的神话式说辞，只需要求“解释”即可。

“什么时候开始的？”

“谁说的？”

若对方回答“自然之理”“文化积淀”，那就回到起点。

“自然是什么？”

“文化是什么？”

这种话最好不要在跟男人一对一的场合说。因为男人脑子越笨，越容易动手。

其四，“攻击性质问——反弹问题”

这个方法就是用问题回答问题。

“那你说说，你最重视什么？”

“你呢？”

“你能同时爱好几个人吗？”

“你呢？”

总之，就是不停地让对方说话，等待其露出马脚、自相矛盾。这个方法有点卑鄙，但相对简单。

曾经，上野教授在学术会议上遭到了猛烈的批判。提问者批判她只知道抵触民族国家，那么坚称“女性主义没有国家理论”的她，究竟对现实中的统治有何想法。

那时，上野千鹤子立刻反问：“女性主义需要国家理论吗？”

对方沉默了。我佩服得五体投地。

一次，我问教授本人："老师为什么用问题回答问题啊？"

"因为提出问题的人对那个问题有最深入的思考。"

换言之，当问题被反弹，那个人却回答不上来，他就亲自证明了自己的无知。

因此，只需要反弹问题，就能轻易获得胜利。

其五，"拥有广博的知识"

这既是我的研究会心得，也是上野亲口说过的话。

她说：不要变成无知的专家。

她每年都说：不要精读，要多读。其结果就是，学生们脑子里的抽屉越来越多。如此一来，对手一旦提出片面的理论，我们就能毫不犹豫地让其打住。

上野说，片面的表述会拉开讨论的帷幕。譬如"这就是日本的固有文化"，只需要获得关于别国的知识，就知道那根本不是日本的固有文化，而是世界普遍的权力体系。

"我认为女性主义就是人道主义。"

面对这种片面的观点，只要熟知女性主义的多元性，就能指出那是根本站不住脚的说法。信念不需要依据和知识。因此听到想当然的说法，就要指出"这只是你的信念"，对其不予采纳，不让对方继续开口。接着，再回到正题。

面对"人类最重要的是爱"和"女人就该温柔"这样

的说法也一样。

有了广博的知识，就能分辨出一句话究竟是“信念”还是“逻辑”。

其六，“提出跳脱框架的设想”

可以说,知识就是为了这一行动而存在。唯有通过质疑,人才能发现框架的存在。如果不质疑，不将问题可视化，就无法完成超越。

有人在研究会上这样说:“我们不要一味否定军队，还可以通过参与的方式，从内部促进反暴力。”

“那在此期间，针对弱国的暴力，你如何评价？”

“我管不了。”

好，输了。这就是局限于国家角度和跳脱出国家角度的设想之差。我们不是去改变战争，而是质疑战争本身。通过质疑,我们就会发现国家的框架。接下来也不是改变国家,而是质疑国家的必要性。

“因为有国别之分啊。”

“即便现在存在国家，为何就一定要承认它是必然的存在？”

换成男女关系也一样。不要去纠结婚姻的对错，而要质疑婚姻制度。

有时在演讲会上，谈论的主题也会是男女关系。所有答疑解惑的节目，没了男女关系就活不下去。如果在框架内思考这个问题，那就是人生大师的表演时间了。“女人要退让”“男人要忍让”“佛祖曾说”“男人都怕寂寞”“不是母亲而是女人”，诸如此类。

演讲会总有很多人生大师登场。可是，只要了解了“比翼鸟幻想”的观点，就能够质疑“男女成双”的必然性。明明一个人也能活下去，比翼鸟幻想却迫使男男女女去寻找所谓的伴侣。明确了这个框架，就不必与人争论“男女关系”中究竟该“女人退让”还是“男人忍让”,而是直接质疑“为何非要男女配对？”，让讨论无法继续。

这时，对手会无言以对。

对于不会质疑框架的人，这种做法必然会令其生气。与其说这是让讨论无法继续的技术，不如说这是不与对方讨论的技术。

有的人不会质疑摆在眼前的框架，只是一味地在其中构建理论。有的人则懂得质疑框架，并针对框架一个又一个地发起挑战。两者的战场完全不一样。

让听众意识到对方完全不是自己的对手，架根本吵不起来，这也是一种胜利方式。

其七，“对语言保持敏感”

若没有这个能力，就吵不赢架。

这可不是“我觉得他这样说话好气人”的问题。

越是抽象的争吵，越容易不明不白，难分胜负。那不过是自我满足罢了。所以要确定焦点，并且要具体，要用什么战术攻击哪个点。不确定攻击对象就盲目发起攻击，必然会失败。

要做到这些，必须关注语言，认真倾听。无论多么琐碎的话语都不能放过。对方不经意间说出的话、无意识间使用的表达、比较含糊的词语，这些都是攻击对象。战斗必须从这里展开。

为此，要把握好自己的态势。第一，丢掉笑脸。人在做出女性特有的应和时，必然伴随笑脸。“保持微笑”会影响专注。除此之外，“腿要并拢”“鼻子不能太油”“发型不能乱”，这些都要舍弃。只对语言虎视眈眈。

毕竟我们的对手可是唾沫横飞、两腿大张、吞云吐雾、大口喝水的男人，不能在注意力上拉开差距。这一切都是为了等待对方露出破绽。

上野攻击别的研究者时，即使针对的是对方的著作，也会从第几页第几行的某个词开始。那个词语的概念、使用的依据、与相似词汇的差别等等，仅仅是一个词，就能发起数不尽的攻击。

不要觉得这样太琐碎，诀窍就在于从小的裂痕深入。无论问题多小，只要对方答不上来，就会造成“无言以对”的事实，这便可成为致命伤。

千里之堤，溃于蚁穴。

其八，“不制造空当”

走到这一步，已经不再是戏弄对手，而是可以任意摆布对手了。

越是不给对手思考的时间，越能令其溃不成军。为此，需要有强大的应变能力，不断发动攻击，让对方应接不暇。

首先突然提出攻击型质问，打他个措手不及。趁他愣神的瞬间，发出下一个质问。在对手调整好状态之前，持续抛出问题。就算他磕磕巴巴地开始回答，也要无情打断，继续提问。

“神话是什么？”

“呃……”

“那跟传说有什么不同？”

“这个……”

“两者的英文分别是什么？”

“啊？”

“它们又跟故事有什么不一样？”

“呜……”

永无止境。在此之上，去跳出框架。

“关于以上问题，你认为真的需要如此分类吗？”

有人可能会想：那你干吗要问？然而，这就是漂亮的胜利。

总而言之，不能让对手有时间思考，甚至不能让他有站起来回答的空当。

做到这一点，需要大量的知识积累和长时间的训练。哪怕只有一个问题，那也不要紧，务必在关键时刻毫不犹豫地抛出去。

先用问题打他个措手不及，这样才能提高攻击力。既然是决一胜负，就不需要给对手面子。打断他，激怒他。己方的理论越是命中核心，就越能提高攻击力，且不会给人留下粗暴的印象，不必担心招致听众的批判。

其九，“控制音量”

吵架难免会吼起来，但是一吼就输了。

在研究会上课，偶尔也能见到指着对方批判，站起来大声发表意见的人。然而这种行为相当于亲自下场烘托出对手的冷静。如果是为了冷静地看破对手的动向，获得听众的赞同，这种气势非但得不到好评，反而会碍事。在一些大型研讨会上也总会出现气势汹汹的发言者。若是有好几个人做报告，气势汹汹就成了致命伤。因为它只传达了一个信息——“吵死了”。

无论发言的内容多有意义，它都只能让人看到发言者的为人，而非思想。

还有一类人属于选举演说型。听众会感受到他有热情，有人情味，能言善辩，能做事情，拥有领导才能，是个有领袖魅力的人。

……然后呢？他最想说的是什么？跟别人有什么不一样？创新性的理论在哪里？

“我虽然不懂，但是大受震撼。”

确实有听众会被这种热血型的人煽动，可是一旦到了战场上，所有的热血都会被最后的冷静一击挫败。

“那么，你到底想表达什么？”

与其劈头盖脸地砸上一番热血沸腾的话语，不如静静忍耐，用最锋利的匕首戳中对方的软肋。究竟哪一种方式更能让人回家以后气得睡不着觉，不言自明。

我上了这么久的课，从未见过大吼大叫、唾沫横飞、气得跳脚的上野。然而，她是全日本最可怕的人。由此可见，威慑与震怒不是一回事。

通过声音、动作和气氛制造的恐怖，远远比不上语言本身的恐怖。那些不过是语言的表演效果罢了。真正富有攻击力的语言无需任何烘托。根据情况选择语言，相当于挑选武器。感情的波动只会影响挑选称手武器的判断力。

其十，“学习”

你可别怀疑，怎么最后竟谈起了这个。

从一到就九，哪一项少了它都无法成立。

这事关你的质问是带有攻击性，还是止步于谦虚的提问。

事实上，明知答案的质问更有攻击性。答案可以不止一种，尚未研究清楚也无所谓。关键要有自己比对方更懂的自负，才能释放出更大的攻击性。

如果最终到达了真的不明白的地方，接下来的提问应该会转向范式转变的可能性这一有意义的讨论。

然而，这一节讨论的是“吵架秘诀”，所以我们先不去想学术上的进步。就像人要锻炼身体增长体力一样，为了“胜利”也要锻炼头脑，积累知识的同时训练思维的爆发力和灵活性。

没有理论支撑的厚颜无耻只是单纯的顽劣。同理，没有理论支撑的连环质问是不讲理，打断对方说话的行为是不懂礼貌，集中精神是不给人好脸色，跳脱框架的设想是牛头不对马嘴，综合起来就让你成了一无是处的女人。

与一切刻板观念战斗、获胜，并说服别人都需要理论的支撑。为此，必须学习。

以上，就是我学到的吵架十大秘诀。

吵架分为攻击和防御，但这并不意味着不爱吵架的人就不需要学习。

防御。为了保护自己，有些架不得不吵。就算不参与权力斗争，选择受他人庇护的人生道路，有时也要赌上自我的存在，与那个最爱的人争上一争。

> 一旦远离“爱情共同体”的神话，就能看清这个私密的“圣域”中存在着什么样的暴力和压制。（上野千鹤子，《父权制与资本主义》）

换言之，无论是否选择战斗，人都无法逃避战斗。其中的差别，不过是正面挑战体系和意识形态，还是通过一个男人窥见其背后的体系和意识形态，并与之对峙。

剩下的就是觉悟问题。人要活下去，需要钱和话语权。如果没有，就只能屈服于别人的支配。

引用文献：

上野千鶴子，『家父長制と資本制』，岩波書店，1990 年

ロラン・バルト，『神話作用』（1957），篠沢秀夫訳，現代思潮社，1976 年

你要利用女性主义

一个自称“妇女解放者”的女性在观众席上高喊：

“我讨厌上野千鹤子！”

所有人屏息静气，等待她接下来的话。

“语言并没有帮助到我。”

上野反驳道：“女性主义没有贡献吗？真的一点都没有吗？”

女性主义创造了话语。社会性别、性骚扰、无偿劳动。的确如此。可是，这两个人之间的距离，看起来无比巨大。

是否认可语言的价值，究竟视其为“改变世界的学问”还是“单纯的文字游戏”，二者的差别在于“结构主义”。

请不要认为这又是一个无用的词。

如果说语言无助于改善现实，那么，这个现实以及我们称之为世界的东西，又是由什么组成的呢？

是用语言无法概括的，与之不一样的东西吗？

其中就有结构主义。桥爪大三郎在《结构主义入门》中这样说：

> 如果没有“狗”这个词，就无法得到将那家伙视为“狗”的经验。

没错。语言能够让我们认知世界、体验现实。

> 与其说语言表达了世界，不如说语言建构了世界。（野口裕二，《叙事疗法的世界》）

“语言并没有帮到我”的呐喊也是一种语言。这个现实何等悲伤。那个人的所有痛苦和无助都需要经由语言传达。面对只能通过语言存在的现实，抵抗的方法也只能是语言。

并不是说语言因此而伟大，而是我们不得不顺从地接纳语言。然而，伴随这种无力感而存在的某种可能性，同样是语言本身。

既然世界由语言组成，那么语言也能改变世界。

> 我们通过对话认知世界，并改变世界。（同上）

女性主义赌的就是这个。她们的话语改变了人们对世界的看法。她们让人们看到那里存在的并非是自然和文化，而是权力。

女性主义给予我们语言这种工具，去表达内心沸腾的思绪。尽管如此，谴责语言无能的人，讲述的却是被语言所疏远的经历。

有了倾听者，才有话语。没有倾听者的话语只是空虚的释放。面对无视妻子说话的丈夫，也许用菜刀更有效率。电视台过于严苛的自我审查，也许只是担心引发抗议。愤怒和泪水都能有效制止对方，但是，这里面又能有多少理解？我们真的能断言，人与人之间不需要理解吗？

当我们放弃语言时，为何不干脆放弃一切，而要以某种形式继续抵抗？因为这里饱含着对理解的无限诉求。然而，要实现理解，就需要语言！

排斥语言和理解的呐喊，同时也是渴望语言和理解的呐喊。

刚出道时，我曾对一位老前辈抱怨："正式上镜时，我发现你说的话有点奇怪，却说不出哪里奇怪。我好不甘心。这种时候该怎么做？"

那时，老前辈想都没想就说："那你就说，我发现你说的话有点奇怪，却说不出哪里奇怪，好不甘心。"

我恍然大悟。原来如此。

不是因为不懂才不用，而是因为一直不用才导致不懂。重要的不是用什么语言去传达想法，而是传达想法本身。如果还是说不清楚，就直言说不清楚。语言只有在积极使用的时候，才能催生可能性。

我身在由语言组成的社会。在这里，任何情感诉求都会成为被男性揶揄的把柄。极端的行为可能会招致排挤。我唯一可以使用的工具就是语言。在电视节目中，我的情感、行动和表达都受到了限制。一旦我被现在这个社会排挤出去，那么在那个瞬间，我的情感和行动都能够得到自由发挥了吧。

可是，发挥给谁看？在哪里发挥？发挥什么？

语言具有力量。但是，语言需要倾听者，需要内容，还需要技术。且在此之前，我们要通过语言理解自身。

假设世界就是语言，语言就是世界，那就只能谦虚地学习语言，大胆地使用语言。对自己，对世界。

上野千鹤子作为女性主义的旗手，创造了许多语言。如何使用那些语言，是我们每个人的问题和课题。

女性对女性主义的愤愤不平，也可以视为对女性主义的过度期待。然而我们必须意识到，那种无条件的期待正是“女人味”的结构。咒骂丈夫的背后，是对婚姻的过度期待和对被动性的固执。我们不能指望女性主义会解决一切问题，而要思考女性主义可以如何为己所用。利用的动机只有自己最清楚。如果无法通过语言理解自己，又怎么能知道自己究竟是想以什么方式、去解决什么问题呢？

自我是由讲述自我的语言逐渐构成的。(同上)

若不明确自我，就谈不上使用女性主义。哪怕放弃了语言，人也会通过语言来思考，来认知感情。我们不得不承认，人是由语言组成的社会的一个结构。

我也觉得，上野千鹤子的著作专业性很强。我想，并不只有我一个人有这种感觉。“专业”与“日常”乍一看相去甚远，或许很多人也因为这点而对其感到疏离。

可是，上野在女性主义的阵前破风而行。

我们还要指望什么?

让她停止奔跑，回过头来牵我们的手吗?

因为有人不明白语言，而一个一个细细指导吗?

上野在凭自身的意志奔跑，剩下的是我们自己的问题。如果感觉与她差距太大，那么我们的工作就是加快速度追赶。如果感觉跟她方向不一样，就朝着自己认为对的方向，迈开双腿。

在控诉、呼喊和咒骂之前，我想先了解一下为我们开拓出这片天地的众多女权主义者前辈留下了什么。我想继承她们未竟的梦想和数不尽的不甘。

人只能在谦虚中找到发奋的动力。对破风者的感谢与留在心中的不甘唤醒了我的愤怒，并与她们发生共振，驱动我不断学习。

我要用心使用前人留下的话语。

我要为自己，推动自我向前奔跑。

我才不管是否有人看到我的身影，跟随我的脚步。

我可是为自己的事情忙得团团转的艺人。

我，如此断言。

引用文献：

橋爪大三郎，『はじめての構造主義』，講談社現代新書，1988 年

野口裕二，『ナラティブセラピーの世界』，日本評論社，1999 年

重返出发点

“啊，就是这所大学……”看见正门的那一刻，我顿时回到了二十年前。

我没考上的大学，曾经以为再也不会踏足的大学，现在，我却来了。二十年前，我带着紧张和祈祷的心情，穿过了那道门。现在，我再次穿过那道因为“樱花散落”[1]而被迫离开的大门。

门卫大叔走过来问：“您是遥老师吗？”

每次出席演讲会，我都会说：“别叫我老师啦。”然而，今天不一样。

“是的。”

二十年后，我的登场无比闪亮。不仅有奔驰代步，还

1 樱花散落：原文以日语片假名表述，是最早由早稻田大学使用的通知电文，意为考学落榜。榜上有名则表述为“樱花盛开”。

有经纪人跟随。没办法，艺人必须讲排场。我下了车，深吸一口气，环顾四周。只可惜，我对这里已经没有任何记忆。每一栋教学楼都那么陌生，唯有落榜的心情犹如昨日那般清晰。

如果说东大仿佛坐落在一片幽深的树林中，那么这里更像被整齐漂亮的花园包围。公园里的大学。树荫下有长椅，甚至配备了烟灰缸。

在东大休息，要么坐在台阶上，要么只能席地而坐。每次我把饭盒放在地上，心里都会想："就不能给点方便吗？"

走进教室，里面已经聚集了大约一百五十个学生。教室好漂亮，桌子和墙壁都好干净。我发现，自己不知不觉已经看惯了"历史悠久"的污浊。东大到处都散发着古老的气息。而这里，连学生的穿着打扮都非常时髦。

有的学生穿浴衣来上课。问其缘由，竟是"下课后要去看烟花"。没错，这才叫 enjoy college life。我当年渴望的就是这个。教室里有许多打扮时尚的学生，他们在下课后完全可以直接走进闹市街头。

我很害怕。社会性别论真的能在这里、在这样的氛围中站住脚吗？我今天的课程是"社会性别论·总论"。我要教给学生的是自己在东大跟上野千鹤子学到的东西。

那位给我提供了这个机会的、像母亲一样的女性这样说："你要切记，这里跟东大不一样。"

“母亲”也在这所大学执教。她此刻就坐在教室角落，佯装平静地盯着我。我完全理解了“母亲”说的话。她亲自拜托给上野千鹤子的“女儿”，如今来到她任教的大学讲课。“母亲”此时究竟做何感想？这跟参加女儿的钢琴报告演出差不多吗？她会不会高兴？还是会担心？她会为我骄傲吗？还是为我感到羞愧？

教室里还坐着别的教授。我心想，这不仅是一场讲座，也是一场测试。

我的任务只有一个，就是简单明了又有趣地讲授复杂的社会性别论。我的一切，都押在了这上面。

站上讲台，我对学生上课的状态一目了然。有的人跟朋友有说有笑，快快乐乐地上课。有的人独自听讲，精神非常集中。有的人对我心怀批判，有的人单纯为了学分。所有状态都如此清晰，让我忍俊不禁。我该如何将这乍一看好似一盘散沙的课堂凝聚起来？我该如何让学生的意识从“啊，是艺人”转移到“现代国家批判”？如何将他们的想法从“那人好瘦！”“她好会化妆！”导向“现代德国”和“女兵问题”？

此时此刻，我深深体会到，平时带着“我今天是来搞笑的”的心情，面向家庭主妇做的演讲是何等轻松。至少，家庭主妇的期待和目的是一致的。可是这一回，我虽然能看出学生对我的期待是演艺界的八卦，但他们的目的全然不同。

学分。这堂课关系到他们的学分。我既不能搞笑，又要让他们集中精力听我说严肃的话题，那就只能让话题本身去吸引人。这不是“搞笑”，而是“有趣”。二者截然不同。这堂课占了两个课时，要持续三个小时。我深吸一口气，开始讲课。同时，我也对自己说：“撑住啊！”

“我要去大学教课了。”我对东大的学生说。

我知道连东大生想进高校任教都很困难，所以不知该如何开口。他们从小到大埋头苦学，依旧很难挤上那座独木桥。而我只是一个艺人，也并非为了教职在努力，却轻而易举地得到了这样的机会。

当然，我与大学的关系只是一次性的，而学生们追求的是终身教职。尽管如此，我还是很难开口。但这个口必须要开，因为我要向学生请教“怎么教书”。

学生听了，恐怕也会气不打一处来。她要这个样子去上课？她这个样子也能上好课？可是既然答应了，那就是我的工作。然而，这毕竟不是我的专业。这个瓶颈靠我自己还真克服不了。

我学习女性主义社会学的时间满打满算有三年，但需要阅读的文献足有五年的量。正常情况下每年需阅读的文献量约为一百本，所以三年下来我阅读了大约五百本文献。我该以什么样的标准选择教授哪些内容？想到这里，我发现自己学得越多，就越不知道该教什么。

学生说：“那你看看我的吧。”然后发给我一份整理得井井有条的参考资料。她已经做好了课件，随时准备开课！我惭愧得抬不起头来。

我只知道学习，完全不做整理，也一点不去回顾。跟我这种走马观花式的学习不一样，她自己把几年来学的东西整理得井井有条。不愧是专业人士。

我把看过的文献全都塞进箱子里收纳起来了。这就是我的整理。只学习不复习的我到头来还得重新学习。

这回我为了防止神经失调，一心专注于不要学习过度，同时又提醒自己不要太专注于专注。这样说可能有点混乱。

就这样，我写成了一份课件。这可是我最值得纪念的作品。做课件有点像舞台艺术制作，“你瞧，本来看不见的东西，现在看清楚了，对不对？”要引导大家完成这个目标，似乎需要话术、说服力和可信度。

下课铃响起，我能感到压在肩上的重担霎时间消失了。学生抛来问题。“只要搞社会性别论，就能得到幸福吗？”

……我要晕倒了。

谁说过那种话了？她怎么会这样想？这世上要是真有学了就能幸福的学问，我倒是也想知道呢。这个问题让我想起上野说过的一句话，顿时一阵恍惚。

> 我一直困扰于学生口中的“学问难道不是为真理而存在的吗？”。他们在二十岁前，究竟是如何形成了这样的“学问观”，我实在百思不得其解。（上野千鹤子，《“我”的元社会学》）

真理只有一个，幸福只有一种。这种观点何其危险，这类思想实在过于具有欺骗性，有多少人都落入了它们的圈套中。

在我讲解了社会性别论，揭穿“幸福”和“真理”都是意识形态中的产物之后，向我抛来一句“那是不是只要搞社会性别论……”，这着实让我百思不得其解。上野提到这类学生时说：

> 也许，他们只是受了“答案只有一个”的应试教育的影响。（同上）

照搬上野的话，也许他们只是受了“幸福只有一种”的社会规训的影响……譬如想也不想就步入婚姻，满以为这就会获得幸福。除此之外，升迁、赚钱、家庭和睦，都是如此。这些“幸福感”究竟是如何形成的？明明眼前的现实早已印证了“事实并非如此”。

关键并不在于事实究竟如何，而在于如何看待，是否有能力看穿本质。如此一来，“幸福”的模样可以千变万化。

人有能力正视眼前的现实，也有能力对其视而不见。既可以努力去正视，也可以努力去忽视。人就是这样的生物。

这次得到了向他人传授学问的机会，我越发深刻地感觉到学问的“视力”和“听力”要与思考力结合起来是多么困难。

换言之，人在一种思考之下是多么不自由。甚至在改变了思考之后，重新构建思考的思维过程也存在想当然的现象。如此一来，传授学问必须教会学生如何思考，否则其见闻的方式不会改变。

“你如何看待婚姻制度？”

“你不觉得也有幸福的家庭主妇吗？”

这些提问背后都潜藏着对“答案只有一个”的信仰。这一切的一切都无法一概而论。

“我想听听遥老师的意见。”“我的课就代表了我的意见。”对这种回答不满意的学生，也想当然地认为“学问只有一条路”。

我从众多理论中选择了一位教授的理论，又从她的众多论点中选择了一种论点，在此基础上构建起我原创的思想。除此之外，我没有别的意见。没错，我也是从这里开始的。

记得教授当初对我说：“只要明白了凡事不可一概而论就妥了。”我的反应也是：“啊？”此时此刻，台下的学生在用同样的表情看着我。

这一百五十个人中，究竟有几个人看穿了此处的陷阱？又有几个人能在构建思考的过程中导入知识？

我到现在还没能完全把握自己知道什么、不知道什么，却因为学生们的纯粹，目睹了往往容易遗忘的自身的起点。而这里又是我曾经落榜的大学，这让那个起点变得更有意义了。

回家时，我驾车离开大学正门，默默自问：当时如果考上了这所大学，我还会像现在这样学习吗？

也许，我也会穿上浴衣，跟朋友去逛祭典。我还会交个男朋友，甜甜蜜蜜地一起泡图书馆。体验完大学四年的“幸福”，又会有什么样的人生在等待着我？

我通过后视镜瞥了一眼徐徐关闭的校门，戴上墨镜遮挡夏日的阳光，一脚油门开上了海岸公路。

引用文献：

上野千鶴子，「〈わたし〉のメタ社会学」，岩波講座・現代社会学 1『現代社会の社会学』，岩波書店，1997 年

后 记

这本书本来是上野教授给我布置的春假作业。

“你把在这里学到的东西整理成随笔，交给我看看。”

放假归来，我带着打赌的心情交出了稿子。是会被拍在脸上骂没礼貌，还是会引发一阵爆笑?

这份报告后来被上野教授亲自推荐出版，证明我赌赢了。

不过，毕竟出版意味着对大众公开，我又只描绘了自己心目中的教授形象，所以做好了教授可能要做些修改的心理准备。然而，她一个字都没有改。

“无论你怎么写我，我都接受挑战。”何等干脆，何等大度，我顿时无言以对。所以，书中登场的上野千鹤子和东大学生只是我个人的印象，但那也是我亲眼见证的一个侧面。

我并非突然就能在东大上学。一九八五年，联合国的《消除对妇女一切形式歧视公约》在日本生效，女性学被编入教育系统，我毕业的学校正好是最早开展这种教育的少数几所大学之一。在此之前，我就已感到了自学的界限，于是在一九九三年回到大学，在小松满贵子教授的指导下学习女性学。后来，我提出想跟随上野教授进一步学习，并递交了申请。

一九九七年，幸得各方人士的大力协助，我获得了听讲许可。然而喜悦之情没能维持多久。接过上野教授递过来的课程表时，我深刻意识到从现在起才是真正努力的开始。教授本人也在著作中讲到，自己的课程内容属于“欧美型”。

> 按照事先设置好的顺序阅读必要的文献，积累庞大的读书量，便能在短时间内达到就某个领域展开国际水准讨论的目标。（上野千鹤子，《女性主义教育学的苦难》，载藤田英典等编《社会性别教育》，世织书房，1999 年）

专业人士眼中的“庞大”，到了外行人眼中会是什么规模，想必各位都能理解。先不说我是否达到了国际水准，正如教授那句“接下来这段时间，各位每周的日程安排将会围绕开研究会的日子展开”。我每天早上十点要参加本科的研究会，中午是研究生院的研究会，下午是本科讲座，然后参加一直开到晚上八点的学术研讨会。换言之，从早到晚都要学习，学到晚上顶着晕晕乎乎的脑袋跟学生喝酒吵闹，一天就这样结束了。第二天自然是允许自己不用学习的休息日，再过一天又是从早到晚都上课、读文献的日子。基本上每次研究会之前，我都要通宵读书，然后听讲一天，晚上喝个痛快，一周就这样过去了。在此期间，我还要工作，别的学生则忙着写硕士或博士论文。总而言之，研究会显然占据了每周日程的高亮位置，完全被教授说中了。

从这个意义上说，这三年也是我围着上野千鹤子转的三年。

一年的时间过得很快。我眼看着通往安田讲堂的道路两旁的银杏树长出鲜嫩的绿芽、染上炫目的金黄，最后脱落成光秃秃的枝条，自己却感觉仿佛只过去了一个月。

然而，三年的时间也无比漫长。男生流行起了染棕色头发，最爱去的咖啡店关门了，一起上课的学生纷纷开始找工作，我“吵架”的功力多少有了点长进。

听到我欢天喜地的汇报，教授却皱起了眉。她对我泼了一盆冷水：“赢得太明显不好。”接着，她又对我解释了赢得太明显可能招致的危害，并告诉我慎重而巧妙地迎接挑战有多么重要。

在我偶尔能够得胜的时候，我迎来了学习的转变期，开始研究如何不赢。

社会学带我见识到的是“语言的世界”。以不同的方式应用语言，人可以看清一些事物，又可以忽视一些事物。

可以刻意隐瞒一些事物，藏匿一些事物，也可以揭穿一些事物。

语言的力量和人类的软弱。有时候不知道这些反而会过得更好，知道了会令人感叹这世界实在是过于艰难。我一直觉得，语言具有这种“烫手山芋”的性质。

就像在驾校学到“路上飞出一个球，后面肯定跟着一个孩子”，然后新手在上路之后，发现果然如此的那种感觉。我在现实社会中也总能体验到研究社会学时学到的语言陷阱，一边惊得冒冷汗，一边感慨万千。人真的是一种严格按照社会学理论说话、行动的生物，着实不可思议。

压抑的语言为何能发挥抑制的作用。只要知道了背后的机制，至少可以说，那些语言对我已经没有了抑制作用。

诽谤中伤的语言为何能伤害我们。学到其原理后，至少可以说，它对我不再具有武器般的威力。

变强意味着让自己不再被语言左右。现在我知道，要做到这点，就得研究社会学。

正文中数次登场的、将我托付给上野千鹤子老师的“母亲”般的存在，其实就是日本女性主义咨询的先驱，目前在帝京平成大学教授社会福祉心理学、在甲南大学教授社会性别论的河野贵代美老师。是她对上野教授深深鞠躬，说：“请带带这孩子。”她在那一刻的身影，我至今仍难以忘怀。多亏了她，我才得到了名为“知识”的财富。

那是“母亲”传递给我的财富，我会珍重一辈子。谢谢你，妈妈。

这本书得以出版，还要感谢筑摩书房的藤本由香里女士认真细致的工作。谢谢你愿意耐心地指导我这个外行人，我永远忘不了那些畅谈到天明的日子。

当然，也要感谢通过了本书选题的筑摩书房。

各位背负着“东大生”名头的同学，没有你们的接纳和帮助，我可能早就退缩了。谢谢你们。

支持我的学习，还一直提供了许多实际帮助的演艺界前辈木原光知子女士，谢谢你。

我能空出时间完成学业，还多得各位工作伙伴的支持和帮助，谢谢你们。

最后是上野千鹤子老师。她并没有在大学开设教吵架的课程。我要大声说，她教授的是社会学。她是走在学科最前沿的社会学家。

她在本科开设的“好玩的社会学”已经人气爆棚。她的研究室总是挤满了想跟她交谈的学生。即使在如此嘈杂的环境中，她还是能耐心细致地指导每一个人。其中也包括我。

首先，我要感谢自己与上野千鹤子的相识。感谢她接纳我，并给予我严格的教导。感谢她给予这本书宽宏大量的大笑。

然后我想感谢她给我的每一个眼神。老师，谢谢你。

此时此刻，我还在大学上课，今后也请多多指教。

最后，感谢各位购买这本书的读者。希望这本书里的不甘并非只属于我，也希望书中的感动并非只属于我。

谢谢你们。

一九九九年十二月
遥洋子

（为方便理解，书中提及的学生及其他相关人士的对话内容和故事都由数人的发言合并而成，并经过一定修饰，不对应特定的人物及事件。）